우린
세계최강
입니다

우린 세계최강입니다

지은이 박상기
펴낸이 임상진
펴낸곳 (주)넥서스

초판 1쇄 발행 2024년 7월 20일
초판 3쇄 발행 2024년 11월 1일

출판신고 1992년 4월 3일 제311-2002-2호
10880 경기도 파주시 지목로 5 (신촌동)
Tel (02)330-5500 Fax (02)330-5555

ISBN 979-11-6683-891-0 43810

www.nexusbook.com
&(앤드)는 (주)넥서스의 문학 브랜드입니다.

우린
세계최강
입니다

박상기 장편소설

&

2부

|∎||||||∎∎||∎||||∎|

프롤로그: 지유의 키보드

불이 사그라진 듯했다.

방금까지 열기를 내뿜던 조명이 어두워졌다. 관객이 숨을 죽였다. 정적의 순간은 2초, 아니 1초였을까. 휴대폰으로 만든 빛의 방울이 점점 물결을 이뤘다. 그리고 그에 화답하듯 아민의 목소리가 흘러나왔다.

무대 조명이 한곳으로 집중되었다. 나를 비롯한 모든 세션이 기다렸고, 빛 가운데 선 아민의 목소리는 모두의 가슴속에 잔잔히 울렸다. 사람들은 넋을 잃고 바라보았다. 무대 뒤에 선 내게도 느껴진다. 홀로 뻗어 가는 소리가 빛이었고, 빛은 곧 목소리였다. 어쩌면 아민의 몸이 빛나는지도 몰랐다. 청량하면서도 우렁찬 음색이 우릴 감싸고 관객을 휘감았다. 아민의 보컬은 안정적이었고, 조마조마함이 없었다.

"기타 주원!"

아민의 소개와 동시에 무대가 밝아지면서 주원의 독주가 펼쳐졌다. 오렌지색으로 물든 뒷머리가 치렁치렁 흔들렸다. 이미 경쾌한 리프로 두 곡을 선보였기에 관객이 함성을 지르며 주원의 기타 선율에 호응했다. 얼굴이 안 보여도 알 수 있다. 웃음을 참는 듯 한쪽으로 말아 올린 입술과 취한 듯한 눈빛. 주원이 몰입할 때마다 보여 주는 표정이었다. 어떤 곡이든 잘 소화하는 주원의 솜씨는 오늘도 여전했다.

"키보드 지유!"

조명이 내게로 넘어왔다. 세션 중 누구도 소외되어선 안 된다는 철학이 유치하긴 하지만, 막상 주목받으니 웃음이 나왔다. 좌라락, 글리산도로 끼어들어 기타와 함께 간주를 진행했다. 강렬했던 주원의 소리에 부드러움이 더해졌다. 아민이 나를 보며 미소 지었다. 나 역시 찡긋 웃어 주고 손을 바삐 움직였다.

관객의 박수가 리듬감 있게 바뀔 때쯤 드러머 영훈의 차례였다. 간결하면서 절도 있는 비트가 심장을 두방망이질 쳤다. 북과

북 사이를 메우는 빠른 연주에 관객이 탄성을 뱉었다. 엇박도 자유자재였다. 드럼에 입문한 지 넉 달 됐다고는 믿기 힘든 솜씨였다. 영훈의 실력은 결코 팀의 마이너스가 아니었다. 평소엔 조용해 보이지만 옆얼굴에 흐르는 땀방울에서 뚝심이 묻어났다.

베이스 수찬의 묵직한 리프가 합류하며 꽉 차는 소리가 완성되었다. 우리 다섯이 만들어 내는 음악이 공간을 채우고 관객을 흥분시킨다. 아민의 목소리가 그 위에서 뛰논다. 주원의 애드리브 주법에 수찬과 내가 기민하게 반응한다. 우리는 오직 소리로 뭉치고 호흡했다.

마지막 합주로 모든 에너지를 뿜어내었고, 영훈의 현란한 드럼 연주를 마무리로 노래가 끝났다. 명운고의 축제, 수국제의 마무리였다. 학생과 어른들 모두 정신없이 박수갈채를 보냈다. 이건 학생 수준이 아니다, 레전드다, 하는 스태프들의 말이 들렸다. 방송국에서 온 카메라맨이 우릴 겨냥하고 있었다. 관객 쪽에서는 이미 앵콜, 앵콜, 외침이 울려 퍼졌다. 이런 상황이 익숙한 아민과 멋쩍게 손을 흔드는 주원, 어쩔 줄 몰라 하는 영훈이 차례대로 보였다. 무대 옆에는 지도 교사 황성진 선생님이 웃으며 우리에게 엄지를 치켜들고 있었다.

그때 눈이 마주쳤다. 선생님은 얼른 시선을 돌렸다. 나의 착각일지 모른다. 아니, 착각이 아닐지도 모른다. 짧은 순간에 괴리를 느낀다.

　스태프들이 무대에 올라와 인사하기 시작했다. 우리 밴드부도 한쪽에 섰다. 모두가 감격스러워하는 이 순간이 서글퍼졌다. 다시 한번 박수가 쏟아진다. 나는 아무렇지 않은 척 관객에게 손을 흔들었다. 기쁨이 소용돌이치는 공간에서 나만 다른 차원에 와 있는 느낌이다.

　학교 축제에서 카피 곡 세 곡을 불렀을 뿐인 우리 밴드는 입소문을 타면서 주변에 알려지기 시작했다. 지역 뉴스보다 유튜브나 인스타그램으로 공연하는 모습이 빠르게 퍼져 나가고 있었다.

　수국이 만발한 여름, 7월 4일의 일이었다.

1부

주원: 타이밍이 개떡

밤이 깊을수록 한가하다고 어느 놈이 그랬던가.

오후 10시 47분. 조금 있으면 걸신들, 아니 손님들이 개떼처럼 몰려올 시간이다. 튀김기에 간식류가 꽉 채워져 있는지 살폈다. 테이블도 한 번 더 닦아야 한다. 야간 자율학습이 끝나면 이곳으로 굶주린 짐승처럼 돌진해 들어오는 건 남학생이든 여학생이든 똑같다. 목적에 충실한가, 더 재잘대는가의 차이일 뿐. 넓지도 좁지도 않은 이 편의점은 하필 명운고와 가까이 있어 학생 손님들이 주 타깃이다. 그 덕에 같은 학교 학생인 나는 미성

년이 술 담배 사는 걸 귀신같이 잡아내곤 한다.

걸레질하고 있는데 중년 손님 하나가 들어왔다.

"아가씨, 말보로 하나."

"네, 네."

나는 분주히 계산대 앞으로 달려갔다. 유니폼을 입고 있으면 나를 성인으로 본다. 키가 큰 데다 염색까지 해서 그렇다. 무시당하는 건 죽기보다 싫으니, 이편이 낫다. 바코드 찍고 계산 다 끝냈는데 아저씨가 뒤늦게 적립 카드를 내밀었다. 짜증 났지만 내색 없이 취소한 다음 처음부터 다시 계산했다.

근무 시간을 자정까지로 늘려 준 건 사장이었다. 작년에 명운고에 입학하자마자 알바를 시작했을 때는 하루 세 시간, 주 2회였다. 시간이 턱없이 적은 건 어리다는 이유 때문이었다. 내가 생각보다 빠릿빠릿하다는 걸 안 사장은 올해 하루 네 시간, 주 3회를 제안했다. 수입이 두 배가 되는 거라 나로선 횡재였다. 다만 이 시간쯤부터 집중적으로 몰리는 학생들을 상대하는 건 내 몫이 되었다. 그리고 12시가 되자마자 폐기 음식을 찍는 것까지가 할 일이었다.

"아! 씨……."

서둘러 쓰레기를 정리하다 금속 뚜껑에 손가락을 베였다. 약지의 끝부분이었다. 기타 칠 때 현에 직접 닿는 곳인데. 아프기보다 기분이 별로였다. 붉은 피가 빠르게 방울져 맺혔다. 욕을 몇 마디 내뱉는 것으로 진통을 대신했다. 반창고는 가방 안에 있었다.

왼손으로 정신없이 가방을 뒤적거리던 그때, 휴대폰 벨이 울렸다. 곁눈으로 보니 송정연⋯⋯. 나는 무시하고 반창고를 찾았다. 벨 소리를 꺼 버리고 싶은데 고스란히 듣고 있어야 했다. 요즘 들어 전화가 잦다. 안 받은 지 몇 달 됐다.

반창고로 약지 끝을 돌돌 말아 붙이는 동안, 휴대폰이 두 번 더 시끄럽게 울었다. 엄마였던 사람의 이름이 부재중 전화 숫자와 함께 떠 있었다.

"미친."

화면에 뜬 오물 같은 메시지를 닫아 버렸다. 지금 와서 감히 무슨 낯짝으로.

"꺄아, 주원아!"

하필 그 순간 반 친구 셋이 미적지근한 밤바람과 함께 들어왔다. 애들은 시작에 불과하다. 나는 늘 그렇듯 사무적인 얼굴로 계산대 앞에 섰다. 전에 친구들을 편의점 안에 너무 오래 붙잡아 두어 테이블 회전이 느리다고 지적받은 적이 있다. 그 뒤론 애들이 와도 내 할 일만 한다. 친구들도 들어올 때만 호들갑일 뿐, 딱히 별말 없다. 적어도 명운고 학생이라면 나한테 이러쿵저러쿵

하진 못한다.

현겸은 항상 내가 퇴근하기 10분 전에 나타난다. 정신없이 손님을 상대하고 거의 탈진할 지경일 때, 손님이 다 빠져 편의점이 한적할 때, 야간 알바가 교대하러 오기 직전에 들어온다. 그리고 특히 이 시간에 까분다.

"아가씨. 콘돔 주세요!"

"죽는다, 진짜."

"손님을 거부해?"

"딴 데서 사라고 미친놈아. 밖에서 얌전히 기다리랬지."

현겸은 아랑곳없이 다가왔다.

"편의점에 사람이 없네?"

그러고 내게 얼굴을 내밀었다. 아, 이 정신 나간 새끼가.

"CCTV 있다."

"다 돌려 보는 거 아니잖아. 자!"

나는 입술 대신 주먹으로 현겸의 뺨을 내려쳤다. 현겸은 그걸 또 능숙하게 피했다. 나보다 한 살 많은 고3이지만, 수험생의 심각함 따윈 개나 줘 버린 듯하다. 현겸은 똥 마려운 강아지처럼 보챘다.

"배만 빼고 다 고프다."

그때 마침 야간 알바 오빠가 문을 열고 들어왔다. 우릴 보고 멈칫했지만, 곧바로 상황을 알아챈 듯 웃었다. 현겸도 안면이 있기에 고개를 꾸벅 숙이곤 멋쩍은 얼굴로 나갔다. 나는 서둘러 폐기 음식을 확인해 찍었다. 아침 8시까지 있어야 하는 오빠는 책을 몇 권 들고 왔다. 저런 걸 읽으면 분명 곯아떨어질 텐데.

"이 샌드위치 가져갈래?"

오빠가 폐기 음식 중 하나를 건넸다. 사장이 그날에 나온 폐기 음식은 우리 둘이 마음대로 처리해도 된다고 했다. 교대할 때쯤 하나씩 가져가는 게 보통이었다. 나는 치즈김밥도 하나 집어 들었다.

"남친이 배고프대서."

"더 가져가."

"아니에요. 수고하세요!"

유니폼 조끼를 벗고 편의점을 나섰다. 9월로 넘어섰는데 아직 공기가 후끈거렸다. 에어컨 바람에 익숙해져 그런 것일지도 모른다. 밤안개가 옅게 깔렸고, 현겸은 멀리 떨어진 곳에서 담배를 물고 있었다.

"하나 줘."

현겸은 능숙한 동작으로 건네고 불을 붙여 주었다. 자정이 넘은 한적한 골목길엔 아무도 없었다. 현겸과 내 얼굴이 번갈아 붉게 반짝거렸다.

"수능 두 달쯤 남았나?"

"몰라."

"미친. 고3인데 몰라?"

"우리 100일은 언제인지 알지."

느끼한 목소리를 내며 담뱃불로 허공에 하트를 그렸다. 그러고선 씩 웃어 보였다. 나한텐 이러는 녀석이 동급생과 후배 모두 벌벌 떠는 존재라는 사실이 웃기다. 고3이라 자중하고 있을 뿐, 현겸에게는 함께 학교를 거닐면 주변이 조용해지는 에너지 흐름이 있었다. 내게만 보여 주는 강아지 같은 모습이 귀엽기도 했다.

"쓸데없이 이벤트 같은 거 하지 마."

"왜?"

"쪽팔려."

"아아."

뭘 하려 했는지 몰라도 아쉬워한다. 어린애같이 구는 놈에겐 먹을 게 약이다.

"이거나 먹어."

"배 안 고픈데."

내가 건넨 치즈김밥을 멀뚱히 바라보기만 한다. 아까 배고프다고 했던 것 같은데 잘못 들었나? 현겸은 어린애 같은 표정 그대로 말했다.

"너희 집 가도 돼?"

"오늘은 안 돼."

단칼에 거절했더니, 방금 100일 이벤트 하지 말라고 했을 때보다 더 아쉬워한다. 나는 빠르게 덧붙였다.

"컨디션 안 좋아."

"아……."

무슨 말인지 파악한 듯 현겸은 마지못해 고개를 끄덕였다. 우린 시시껄렁한 말을 몇 마디 나누고는 각자의 집으로 가는 갈림길에서 작별 인사했다.

"기다려 줘서 고마워. 들어가."

"늦게 퇴근하는데 당연히 기다려야지."

"안 그래도 돼."

내 대꾸를 못 들은 듯 현겸이 웃음을 띠며 얼굴을 들이댔다. 나는 주변에 아무도 없음을 살핀 뒤 입술을 맞춰 주었다. 내가 오늘 까칠하게 굴었어도 삐치지 않는 게 기특해서였다. 현겸은 생크림이라도 묻은 듯 입술을 달싹거렸다.

"집 앞까지 바래다줄게."

"됐어. 그냥 가."

내가 한 번 아니라고 하면 정말 아닌 것을 현겸은 안다. 손을 획획 터는 동작에 현겸은 아쉬운 듯 돌아섰다. 나는 현겸이 골목을 돌아 사라지는 걸 확인한 뒤에야 집으로 향했다. 이상하게 후덥지근한 밤이었다.

‹‹ ▶ ››

퀴퀴한 냄새를 맡으며 계단을 올랐다. 옥상에 도달하기 전까지는 칠흑처럼 어둡다. 3층을 다 오르면 그제야 밤하늘과 함께 내 집이 나온다. 상추나 고추 같은 걸 심어 둔 텃밭과 안테나 사이로 연결된 빨랫줄이 먼저 나를 반겨 준다(모두 주인집 것이지만). 조그만 벽의 낡은 철제문에 열쇠를 꽂아 돌려야 비로소 내 공간이다.

"으, 씨발."

낮 동안 실컷 머금었던 뜨거운 기운을 집이 아직 뱉어 내지 못했다. 오늘 온종일 덥긴 했다. 옥탑방의 고질적인 문제점이다. 조명을 밝히자마자 에어컨 리모컨부터 찾았다. 요즘 이상기온 이라더니 날씨가 정말 미쳤다. 나는 벽걸이 에어컨 앞에 서서 온몸으로 찬바람을 맞았다. 실외기의 소음이 문 바깥에서 징징 울렸다. 우리 집과 3층의 모든 실외기가 문 앞의 옥상에 있다. 한여름엔 육중한 소음 때문에 귀마개를 하고 자야 할 정도다.

어깨가 으스스해질 때쯤 침대에 걸터앉았다. 아침에 개켜 놓지도 못한 옷가지들이 바닥에 이리저리 널려 있었다. 빨래를 돌려야 하는데 귀찮다. 혼자 살림도 이렇게나 거추장스러운데 챙겨야 할 누군가가 있다면 더 끔찍했을 것이다. 일단은 빨래 통에 모아 두는 걸로 숙제를 치웠다.

휴대폰을 만지다가 부재중 전화 표시를 다시 살펴보았다. 송정연, 송정연, 송정연. 연속으로 적힌 이름이 오히려 낯설다. 떨어져 지낸 지 4년. 휴대폰 왼쪽 귀퉁이부터 대각선으로 거미줄처럼 금 간 액정이 도드라져 보인다. 휴대폰 바꿔야 하는데. 매일 아쉬움을 삼키지만, 그렇다고 싸구려 폰으로 바꾸긴 싫다.

습관처럼 침대 옆의 어쿠스틱 기타부터 꺼내 들었다. 이제는 낡았고, 줄도 조율이 잘 안 된다. 상관없다. 이 기타로는 언제나 내가 가장 처음 배운 곡부터 연주한다.

끝없이 길어진 이 거리 위에
지친 몸을 이끌면
나를 다독이는 발자국 소리
돌아보면 아무도 없고

기타 소리가 방을 넘어 옥상을 타 넘는다. 내가 반지하보다 옥탑방을 고른 이유는 밤에 기타를 치고 노래를 불러도 된다는 점 때문이다. 일렉트릭 기타를 사서 헤드폰 끼고 폼 나게 연습하고 싶지만 돈이 부족하다. 무엇보다 이 물건은 내게 각별하다. 외할머니가 사 준 것이기 때문이다.

중학교를 졸업할 때까지 외할머니와 함께 살았다. 아직 혼자 지낼 능력은 안 되고 부모 낯짝도 보기 싫을 때, 외할머니는 아무 말 없이 날 받아 주었다. 이곳 성원시로 이사 온 것도 그 무렵이었다. 처음엔 외할머니에게 풍기는 구닥다리 향과 지나치게 과묵한 성격 때문에 거부감이 들었다. 대화 상대가 필요한 내겐 최악의 가족이었던 셈이다. 외할머니는 그런 내게 잔소리 한마디 없이 아침저녁으로 밥 차려 주는 것과 일당으로 받은 푼돈에서 만 원짜리를 떼어 주는 걸로 마음을 표현했다. 외할머니는 내게 어떤 것도 바라지 않았다. 그저 굶고 다니지만 말라고 했을 뿐. 나는 지금도 하루 세 끼를 꼬박꼬박 챙겨 먹는다.

중학교 2학년이 막 되었을 무렵, 나는 기타에 흥미가 생겨 푹 빠졌었다. 일주일에 두 번인 방과 후 수업만으로는 성에 차지 않았다. 밥을 먹으며 기타를 갖고 싶다고 몇 번쯤 얘기했던 걸 외할머니는 귀담아들었던 모양이다. 벚꽃이 활짝 핀 어느 날, 나를 데리고 무작정 악기점으로 향했다. 외할머니는 콘서트홀이나 방송국만큼이나 그 장소와 어울리지 않았다. 처음엔 비싼 걸 골랐다가 주름이 자글자글한 외할머니의 얼굴을 살피고는 적당히 싼 것을 집어 들었다. 그게 지금 내 손에 들린 기타다. 3년 넘도록 내 친구가 되어 준 녀석.

"……."

오른손 약지가 쓰라려 연주를 멈췄다. 살펴보니 반창고 주변에 피가 묻어 나왔다. 편의점에서 다친 상처가 벌어졌나 보다. 거의 매일 기타를 잡아야 하는데. 나는 욕을 읊조리며 반창고를 갈아 붙였다. 손가락에 충격이 가지 않도록 테이핑도 단단히 했다. 당분간 성가시게 생겼다.

밴드 동아리실은 이미 온갖 악기의 난잡한 소음으로 채워져 있었다. 매주 금요일 오후 3시는 정기 연습이다. 유일하게 모두 모이는 시간이기도 하다. 문을 열자마자 한층 요란한 소리가 귀를 찔렀다. 영훈이 날 보더니 심벌즈를 손으로 급히 잡았다. 이번에 새로 들어온 경식이 가장 먼저 하이톤으로 반겼다.

"누나, 늦었어요. 기다렸잖아요!"

자신의 포지션이 보컬이란 걸 알리듯 목소리가 까랑까랑하다. 듣기로는 아민이 없을 때 연습 보컬을 맡는다던데, 꽤 쓸 만하다고 한다. 7월의 학교 축제 때 우리가 공연하는 걸 보고 들어올 결심을 굳혔다나. 아민이 정식 멤버가 아니고 객원 보컬인 것도 이유인 모양이다. 아무한테나 형, 누나, 하고 스스럼없이 붙는 걸 보면 사람들에게 인기 좀 끌어 보겠다는 심산이겠지만.

"왔어요, 선배."

같은 기타 멤버인 현수가 의무적인 인사를 건넸다. 경식과 반대로 항상 벽을 치고 있는 이상한 애다. 3월에 들어왔는데, 나 때문에 아직 공연에는 서지 못하고 개별 지도 받는 중이다. 여름에 수찬이 탈퇴한 뒤로, 대신 베이스를 맡아 달라고 설득해도 말을 안 듣는다. 내 백업으로 만족하겠다면 어쩔 수 없지만.

"안녕하세요!"

갑자기 멤버들 모두 일어나 인사했다. 밴드 지도 교사인 황성진 선생님이 나타난 것이다. 난 아직 기타도 꺼내지 않았기에 금방 선생님 눈에 띄었다.

"강주원, 연습 안 해?"

"방금 왔는데요."

"화요일에도 안 나왔잖아. 이달 말이 공연인데 열심히 해야지."

다른 애들은 이 선생님을 꽤 존경하고 따르는 것 같은데 내 생각은 다르다. 내게 입만 열면 열심히 해라, 자만하지 마라 같은 말뿐. 스물다섯 나이에 오빠같이 보여 인기를 쉽게 얻는다는 점도 마음에 안 든다. 가끔 정장만 갖춰 입어도 학생들이 깍깍 소리 지르며 호들갑을 떤다. 집단 최면이라도 걸린 것처럼.

"저 화요일 저녁은 알바인데요."

"모두 동의해서 잡은 시간이었어."

"아민이도 금요일만 오는데요. 왜 저한테만 그래요?"

한쪽에서 악보를 만지작거리던 아민은 자기가 무얼 잘못하기라도 한 듯 안절부절못했다. 황성진 선생님은 콧김으로 한숨을 푹 쉬었다.

"그래, 알았다. 연습하자."

반쯤 도발이었는데 역시 잘 참아 넘긴다. 내가 아는 이 사람의 유일한 장점이다. 황성진 선생님은 손부채질하며 동아리실을 죽 둘러봤다.

"공고 냈는데도 베이스랑 키보드가 비네."

선생님 말대로 지금 두 포지션이 공석이었다. 대학 입시에 도움이 되는 동아리만 바글바글한 요즘, 완전한 세션을 꾸리긴 쉽지 않았다. 더구나 우리는 악재가 겹쳤다. 한동안 밴드 분위기가 흉흉했다. 베이스 수찬이 탈퇴했을 때는 나도 같이 그만두고 싶을 정도였다.

키보드 치던 지유가 여름방학 때 죽었다.

들리는 말로는 오피스텔 옥상에서 뛰어내렸다고 한다. 엄마랑 둘이 살던 곳이란다. 왜 그랬는지는 정확히 모른다. 평소 우울감이 많았다는 것밖에. 건반 다루는 솜씨는 일품이지만, 별로 눈에 띄지 않던 애였다. 학교에선 2학년 6반 명지유의 죽음으로 떠들썩했기에 밴드부는 이슈에서 비켜나 있었다. 방학 중이었고, 밴드부에서 따로 움직이지 않아 장례식도 가지 않았다. 그랬는데 2학기 들어서 세션 모집을 해 보니 처참한 수준이었다. 그래서 선생님도 난처해하는 것이다.

"경식아. 이참에 베이스 한번 잡아 봐. 악기 하나는 다룰 줄 알아야지."

"에이, 형! 저는 죽어도 보컬인 거 알잖아요."

북을 툭툭 치던 영훈이 좋은 말로 권했지만 경식은 요지부동이었다. 백업이라곤 얘랑 현수뿐이니 말 다했다. 잘못하면 아민처럼 외부에서 객원 멤버라도 모셔 와야 할 판이다. 황성진 선생님이 베이스 기타를 들며 말했다.

"내가 근음 잡아 줄 테니 맞춰 보자."

"선생님. 제가 건반 치면서 노래할까요?"

아민이 열없게 물었다. 안 그래도 덩치가 작은데 아민은 요즘 더욱 깡말라 보였다. 아민이 노래하는 모습을 작년에 TV에서 본 적이 있다. 당시에는 지금보다 통통했다. 키보드를 연주하면서도 파워풀하게 노래하던 모습에 성원시 전체가 떠들썩했었다. 아민은 16세의 나이로 '팝 포텐셜'이라는 공중파 오디션에 나가 준결승까지 올랐다. 방송 종영 직후에 우리나라 4대 엔터로 꼽히는 드림캡처에서 데뷔를 보장하겠다며 연습생으로 데려가기도 했다.

그런 아민이 올해 명운고에 입학했을 때, 학교는 당연히 난리가 났었다. 댄스부는 물론이고 기악부와 우리 밴드부까지 아민을 모셔 가려고 혈안이었다. 매일 소속사에 출근해 연습한다는 이유로 아민은 동아리 가입을 모두 거절했다. 그러다가 축제를 앞두고 친분이 두터운 지유가 설득해, 잠깐 참여하는 조건으로 아민을 객원 멤버로 모셔 온 것이었다. 지유가 죽었는데도 아민이 어째서 아직 밴드에 붙어 있는지는 의문이다.

"아니야. 아민이는 노래만 집중해. 부담 줄 순 없지."

선생님이 타이르듯 말했다. 아민은 조그마한 머리를 주억거렸다. 한마디로 귀하신 몸이니 소중히 다뤄 주겠다는 거다. 나는 황성진 선생님도 그렇고 지아민도 그렇고 칭송이 자자한 사람만 보면 왜 그리 아니꼬운지 모르겠다. 수국제 때 주목받은 것도 따지고 보면 우리 밴드가 아니라 아민 혼자였다. "지아민이 이번에 밴드 보컬이래.", "대박!", "그럼 무대 씹어 먹는 거야?" 대충 이런 반응이었을 거다. 공연이 끝나고 유튜브나 인스타그램에 영상이 퍼진 것도 모두 아민의 팬들 짓이었다. 실제로 우린 지아민의 떨거지쯤으로 취급당했다. 다음 공연 때 우리 중 한둘이 바뀌어도 사람들은 대부분 몰라보겠지만, 아민이 사라진다면 바로 난리가 날 거다. 사실 이건 우리뿐만 아니라 우리나라의 내로라하는 유명 밴드도 겪는 흔한 문제였다. 보컬만 기억하는 더러운 세상.

연습한 부분을 각자 연주해 보기로 했다. 드러머 영훈부터였다. 탁, 탁, 탁, 세 번 리듬을 재던 영훈은 손이 안 보일 만큼 빠르게 두드리기 시작했다.

"와아……."

구경하던 경식과 현수가 넋 놓을 정도였다. 내가 봐도 얘는 천재가 아닌가 싶다. 아무 기초도 없던 녀석이 올해 드럼 채를 잡았는데 이 정도라니. 드럼이란 게 원래 천부적인 센스가 중요하다고는 하지만, 영훈은 그것만으로는 설명할 수 없는 폭발적인 에너지가 있었다. 평소에는 순둥이 같은 놈이 드럼 앞에만 앉으면 야수처럼 돌변하는 것도 신기한 일이었다.

"영훈이는 연습해 왔네."

선생님은 이 정도로만 평가했다. 아민만 우쭈쭈 하지 말고 영훈도 칭찬해 주라고요, 이 답답한 선생님아.

내 차례가 되어 기타 파트를 홀로 연주했다. 황성진 선생님은 꽤 심각한 얼굴로 날 관찰했다. 깔 게 없는데 왜 저러지? 나는 끝까지 실수 없이 곡을 연주했다. 경식과 영훈이 박수를 치기도 했다.

선생님이 현수에게 말했다.

"너도 같은 부분 연습했지? 한번 해 봐."

아, 결국 비교하려 그랬군. 벌써 기분이 더러워진다. 현수가 기타를 잡았고, 누가 들어도 살짝 모자란 연주가 진행되었다. 현수는 식은땀을 흘렸다.

"필링을 잘 못 살리네. 더 감정에 충실해야지."

선생님이 친근한 목소리로 조언했다. 현수는 말없이 고개만 끄덕였다. 옆에 있던 경식이 그새를 못 참고 끼어들었다.

"쌤! 저 이 곡 불러 볼래요."

"넌 화요일에 맞춰 봤잖아. 아민이 하는 거 보고 배워."

경식은 늘 나섰다가 본전도 못 찾고 된서리를 맞는다. 그래도 싱글벙글, 별 타격 없는 걸 보니 괜찮은 것 같기도. 만약 나더러 동갑내기한테 배우라고 한다면 자존심 상해 못 견딜 거다.

우리 협주에 맞추어 아민이 노래를 불렀다. 처음엔 긴장했는지 목소리가 뒤집어져 있었다. 그러다 시간이 갈수록 실력이 나오기 시작했다. 지켜보던 경식의 얼굴에 경이로움이 드러났다. 아민이 연습생이 된 뒤로는 표정이나 시선 처리도 능숙해진 듯했다. 작년에 방송에서 인상 찌푸리며 고음을 지르던 모습은 지금 생각해도 웃기다. 정지 화면으로 보면 굴욕이 따로 없다고나 할까.

딴생각하다 내가 결국 실수했다. 선생님이 귀신같이 날 쳐다보았다. 알았다고요. 집중하면 되잖아요.

◄◄ ▶ ►►

금요일은 알바가 없는 날이기에 하교 후에 거의 무조건 현겸과 만나 놀게 된다. 따로 사정이 있다고 톡 하지 않는 한은 그렇다. 동아리 시간이 끝난 오후 5시. 이제 주말 시작이다. 여러모로 해방의 순간이다. 서둘러 기재를 정리했다. 오랜만에 우리와 어울린 황성진 선생님은 머리카락이 헝클어져 학생 같아 보였다. 나는 눈길을 돌려 아민에게 물었다.

"넌 오늘도 출근하나?"

"네, 언니."

두 손을 가지런히 모은 채로 대답했다. 애는 사람 대하는 태도가 필요 이상으로 깍듯하다. 소속사에서 그리하도록 가르치는 건가? 아이돌이 되려면 아무래도 예절이 몸에 배어야 할 테니까.

"고생하네. 수고해라."

"언니도 수고하셨어요."

웃음마저도 얼굴에 세팅하고 띄우는 것 같다. 이게 예의 바른 게 아니라, 난 너랑 친하지 않아, 라고 말하는 듯한 건 나만의 느낌일까. 내 백업인 현수가 사람들에게 대놓고 벽을 친다면, 아민은 누구에게나 친절한데도 왠지 거리감이 느껴진다. 솔직히 말하면 둘 다 재수 없다.

나는 먼저 동아리실을 나와 복도에 서 있었다. 영훈에게 볼일이 있기 때문이었다. 황성진 선생님이 알면 곤란한 일. 영훈은 항상 스스로 남아 드럼 연습을 더 하기에 선생님이 정리를 끝내고 영훈에게 열쇠를 맡긴다. 그런 뒤에 연습실엔 영훈만 남게 되는 것이다.

드럼 소리가 몇 번 울리고 10분쯤 지난 뒤에야 황성진 선생님이 밖으로 나왔다. 나는 마주치기 싫어 화장실에 숨었다. 터덜터덜, 계단을 내려가는 선생님의 걸음에 기운이 없다. 난간을 붙잡지 않으면 금방이라도 쓰러질 것처럼.

노인네 같잖아. 나는 선생님을 한참 바라보았다.

나는 조용해진 동아리실에 다시 들어갔다. 문을 열고 이름을 부르자, 영훈이 잠깐 놀랐다가 이내 픽 웃었다. 무슨 일인지 안다는 뜻이다. 이미 몇 번 반복해 온 일이라 긴 설명은 필요 없었다.

"야, 돈 좀 꿔 줘."

"어. 잠깐만……."

영훈은 별 망설임 없이 가방에 손을 뻗었다. 표정이 덤덤해 보여 일단 안심이다. 편의점 알바 급여로 혼자 생활하기에는 크게 무리가 없지만, 현겸과 사귀면서부터 돈 들어갈 일이 많아졌다. 월말이 지나고 정신 차려 보면 벌써 통장 잔액이 비었다. 급여는 18일쯤 나오니 아직 열흘 이상 버텨야 했다.

"자."

영훈이 만 원짜리 두 장을 건넸다. 나는 통이 큰 영훈이 마음에 들었다.

"고마워. 월급 받으면 갚을게."

"안 갚아도 돼."

"왜?"

"갚은 적이 없으니까."

간단명료한 사실이 머리를 툭 치는 기분이었다. 그 충격은 배 시시 웃음으로 튀어나왔다.

"아 이 새끼. 갚을 거야, 인마."

영훈은 픽이나 갚겠다, 하는 표정으로 말없이 미소만 지었다. 그게 나를 한심하게 대하는 눈빛이 아니라 아량이나 해탈에 가깝다는 게 애의 특징이었다. 마치 알고도 속아 준다, 이런 느낌.

내가 돈이 궁하다는 건 영훈만 알고 있는 비밀이었다. 영훈은 입이 무거워 이 사실을 아무에게도 말하지 않는다.

"고영훈, 집에 안 가?"

"난 야자 하잖아."

"저녁은?"

"석식까지는 좀 남았으니까."

"나 같으면 금요일은 야자 빼겠다."

솔직히 말하자면, 이건 대화를 위한 대화였다. 돈을 꾸었는데 바로 사라져 버리면 너무 속 보이니까. 난 화제를 찾다가 동아리실 문에 고딕체로 크게 붙은 네 글자를 가리켰다.

"야, 근데 우리 밴드 이름 말이야."

영훈은 거기까지만 듣고 벌써 픽 웃었다. 이어질 말이 "촌스럽지 않냐?"라는 건 듣지 않아도 알 수 있을 것이다.

세계최강.

우리 밴드 이름이었다. 볼 때마다, 들을 때마다 손발이 오글거려 죽겠다. 특히 공연 때 "안녕하세요. 우린 세계최강입니다!"라고 보컬이 첫인사 할 때 가장 그랬다. 2년째 활동하지만, 아직도 적응이 안 된다.

"처음 만들 때부터 이거였다는데…… 못 바꾸지 뭐."

"황성진 쌤이라면 기존 거 절대 안 바꾸겠지. 난 간다! 주말 잘 보내.”

난 자연스럽게 인사했다고 생각하며 동아리실을 빠져나왔
다. 영훈은 내가 완전히 안 보일 때까지 멍하니 서 있었다. 그게
오히려 내 뒤통수를 붙잡고 있는 것 같아 신경 쓰였다. 그래서
계단을 더욱 우다다 달려 내려왔다.

운동장 벤치에 앉아 현겸을 기다렸다. 기울어진 해가 교정의
커다란 은행나무에 걸려 있었다. 그곳을 중심으로 노란빛이 하
늘에 번지고 있다. 나는 더운 건 싫지만, 낮이 긴 것은 좋다. 여름
이 갔다는 사실이 후련하기도 하고 아쉽기도 하다. 언젠간 낮이
길면서도 덥지 않은 북유럽에 꼭 가 볼 것이다. 하지 무렵의 노
르웨이는 24시간 해가 지지 않는다. 그 풍경을 떠올리기만 해도
가슴이 뛴다.

우우웅. 우우웅.

그때 휴대폰이 진동했다. 나는 현겸인가 싶어 휴대폰을 꺼내
들었다.

》》》 송정연 《《《

“…….”

순간, 속에 불덩이가 차오르듯 뜨끔했다. 왜 하필이면 지
금……. 한동안 진동하는 휴대폰을 바라보았다. 수신 차단 하지
않은 대가를 온전히 치르는 중이다. 난 무엇에 미련이 남아 이

인간을 완전히 끊어 내지 못하는 것일까.

중학교 1학년 무렵의 나는 싸가지 없다는 소리를 듣긴 했지만, 심각한 문제아는 아니었다고 생각한다. 어느 동네나 있을 법한 기가 센 아이였을 뿐이다. 당시에 엄마 아빠가 이혼 협의를 거치는 동안, 나는 강주원이 맞나 싶을 만큼 죽어지냈다. 양쪽 모두 외동딸인 나를 맡고 싶어 하지 않았기 때문이다. 내가 그동안 잘못 살아 이런 일을 겪는다고 여겼다. 보통은 서로 양육권을 차지하기 위해 다툰다는데, 기가 막힐 노릇이었다. 그래도 나는 엄마를 더 의지할 수밖에 없었다. 아빠라는 작자가 대놓고 바람을 피워 집에 들어오지 않았기 때문이다. 학교에 다녔지만 누굴 따라가든 전학을 갈 듯해 친구들에게도 애착을 접었다. 하지만 판결이 나오기까지는 생각보다 오랜 시간이 걸렸다.

진실을 알게 된 것은 법정 공방이 길어지면서였다. 뻔한 결과일 거라 생각했는데, 엄마가 위자료를 한 푼도 못 받는다는 사실을 친구와 통화할 때 우연히 엿들었다. 그리고 그때 나는 내 귀를 의심했다. 엄마 역시 홧김으로 시작했던 맞바람이 1년 넘었다는 사실이었다. 서로가 다른 짝에게 눈이 멀어 나 따윈 안중에도 없다는 걸 알아 버린 나는 그날로 눈이 뒤집혔다.

한동안 가출 생활을 했다. 친구 집을 전전하기도 하고, 청소년 쉼터라는 곳도 가 보았다. 하지만 만 13세조차 되지 못한 나는 며칠 버티지 못하고 집으로 돌아가기 일쑤였고, 그럴 때마다 무력감을 견디지 못했다. 최종적으로 내 양육권이 엄마에게 떠넘겨졌다는 사실을 알았을 때, 엄마가 그 사실을 나한테 퉁명스럽게 말했을 때, 나는 처음으로 엄마에게 쌍욕을 박았다. 그러고 한 번 더 가출을 했다. 그러다 외할머니에게서 연락이 왔고, 나는 엄마가 찾아오면 영영 사라져 버리겠다는 협박으로 접근을 차단한 채 외할머니 집에서 중학 시절을 보냈다. 작년부터는 혼자 살고 있는데 요즘 자꾸 연락하는 것이다.

살던 남자와 헤어졌으니 다시 같이 지내자고.

내 휴대폰 액정은 그날 엄마와 통화를 끝내자마자 집어던져 깨진 것이다. 지금도 그 일을 생각하기만 하면 화가 치민다. 나는 이제 엄마 아빠 모두와 상관없다. 전처럼 신경 꺼 주길 바란다.

"어이!"

갑자기 현겸이 소리치며 뒤에서 어깨를 툭 쳤다. 순간 놀라 주먹이 나갈 뻔했다. 타이밍이 개떡 같다. 현겸은 아무것도 모른 채 웃고 있었다.

휴대폰이 다시 진동했다. 나는 현겸을 올려다보았다. 지난여름 학교 축제 때 기타 연주하는 모습에 반했다며 내게 고백한 현겸. 다른 멤버보다 나를 주목해 준 현겸. 진동이 계속 울리고 있었다. 나는 그걸 무시하고 말했다.

"우리 오늘 끝장나게 놀자."

"오, 어떻게?"

"그냥 뭐든. 원하는 대로."

"가끔 이렇게 쿨내 날 때 너무 좋더라."

현겸이 배시시 웃으며 어깨에 손을 척 올렸다. 함께 교문을 걸어 나갔다. 찬란하던 황금빛 하늘이 붉게 변하고 있었다. 아직은 낮이 긴 초가을이었다.

영훈: 동굴에 숨은 박쥐

둥 두두두두 둥 둥 채앵.

변박으로 넘어가는 부분에서 자꾸 틀렸다. 혼자 연습할 때 막히면 방법을 몰라 답답할 때가 한두 번이 아니다. 정기 연습 후에 황성진 선생님에게 질문했더니 몸소 시범을 보여 주었다.

"여기서 짧은 호흡으로 하나 세고 짠, 짠. 엇박하곤 좀 달라. 그거보다 2분의 1 느낌으로. 한번 해 봐."

"아, 네."

방금 말을 머리에 새겼지만, 연주할 때는 막상 잊어야 했다.

그래야 더 자연스럽게 손이 움직이기 때문이다.

"옳지. 이제 익숙해지면 돼."

전에 지유를 지도할 땐 건반에 그토록 능숙하더니, 지금은 드럼을 잘 다룬다. 기타도 마찬가지였다. 모든 능력치가 우리를 아득히 상회하는 느낌. 선생님은 어째서 직업 연주자를 하지 않고 교사가 됐을까. 음악 교사가 모두 이런 실력이 아니라는 걸 나는 너무나 잘 안다.

흔한 이유인 가정 형편 때문일까. 공연 수익이란 게 일정하지 않으니 안정성 있는 직업을 선택한 걸까. 그렇다고 하기엔 별로 궁색해 보이지도 않는다. 아니면 어렸을 때부터 우직하게 한 가지 꿈만 좇아왔을 수도 있다. 자신은 이미 프로 수준인데 그런 쪽은 한 번도 고민해 보지 않았을 순수한 성격? 황성진 선생님은 생각할수록 분석이 잘 안 되는 사람이었다.

"일찍 밥 먹으러 가. 지난번에도 연습하다 굶었다며."

"아, 넵."

선생님이 열쇠를 맡기며 당부했다. 석식을 놓치면 매점이 있는데 무슨 걱정이란 말인가. 선생님이 나갈 때까지 나는 일어서 있었다. 출석부를 비롯한 몇몇 서류를 챙기던 선생님이 나를 돌아보며 말했다.

"난 네가 천부적이라고 생각하지 않아. 지독한 노력형인 거지."

"……."

"그게 더 마음에 들어. 겁지 물집 터지기 전에 구멍 내고 테이프 붙여라. 불편해 보인다. 잘못하면 한동안 드럼 채 못 잡아."

"……."

"자신을 극복하기에 음악만 한 게 없지. 하지만 음악은 수단이 아니다."

그러고 나가 버렸다. 한 번씩 나를 꿰뚫어 보는 말을 할 때마다 모골이 송연하다. 대체 저 사람 정체가 뭘까. 유독 나한테만 엄하게 구는 이유는 뭘까.

설마 이미 알고 있나?

그럴 경우에 벌어질 일들이 머릿속에 그려졌다. 생각만 해도 끔찍하다. 그러기엔 주변이 시끄럽지 않다. 아마 아닐 것이다. 아니어야 한다.

"영훈아!"

갑자기 동아리실 문이 열리며 누군가 고개를 내밀었다. 주원이었다. 밝으면서도 살짝 비굴해 보이는 얼굴 밑으로 오렌지색의 긴 머리가 찰랑 흔들렸다. 그걸 보는 내 심장도 흔들렸다.

보나 마나 돈 꾸러 왔겠지. 역시 주원은 곧장 용건을 말했고, 나는 미리 준비해 둔 만 원짜리 두 장을 꺼냈다. 주원의 월급날이 18일이고 매월 첫째, 둘째 주 금요일에 돈을 꾼다는 것쯤은 이제 알고 있다. 그리고 갖지 않는다는 것도 알고 있다.

좀 더 오래 대화했으면 했지만, 주원은 시시껄렁한 말 몇 마디를 던지고는 금방 나가 버렸다. 오늘따라 눈웃음치고 돌아서는 주원의 눈매가 가슴을 도리는 듯했다. 나는 한동안 멍하니 서 있었다.

창문 너머로 운동장을 바라보니 멀찍한 곳의 벤치에 주원이 앉아 있었다. 아마도 남자 친구인 현겸 선배를 기다리는 것일 테다. 바람이 불어 주원의 옷과 머리카락이 멋대로 움직였다. 그런데도 꼿꼿이 앉아 휴대폰만 노려보고 있었다.

현겸 선배는 아무도 못 건드리는 맹수 같은 존재였다. 작년까지는 복도에서 눈만 잘못 마주쳐도 봉변당하기 십상이었다. 인근 학교에도 현겸 선배를 따르는 애들이 많다고 들었다. 작년 말에 큰 폭력 사건에 연루되어 정학당하고 올해 고3이 된 뒤로 좀 조용해진 것일 뿐이다. 지금도 1, 2학년 일진들이 기를 못 펴는 것은 현겸 선배 때문이었다.

솔직히 나는 그런 현겸 선배가 우스웠다. 그렇게 활개를 치다가 몰락하는 사례를 많이 봐 온 탓이다. 심지어 말로가 처참한 죽음인 경우도 있었다. 현겸 선배와 나는 접점이 전혀 없었고, 대화해 본 적도 없다. 그래서 엮일 일이 전혀 없을 거라 생각했다.

하지만 지난여름 축제 이후로 상황이 달라졌다. 우리 밴드의 공연이 있던 다음 날, 현겸 선배가 주원에게 냅다 고백을 해 버린 것이다. 이벤트가 꽤 요란했다고 하는데 나는 못 봤다. 그날부터 주원은 현겸 선배와 만나기 시작했다. 학교에서 둘은 보란듯이 붙어 다녔다. 사귄다는 사실을 모르는 사람이 없을 정도였다. 당당한 사람들은 연애도 당당하게 했다. 밴드에 입부할 때부터 주원을 눈여겨보고 언제 본심을 말할까 타이밍만 재던 나는 닭 쫓던 개가 돼 버렸다.

현겸 선배가 주원의 뒤로 살금살금 다가가는 게 보였다. 아마도 놀래 주려 그런 것 같다. 저런 거 별로 안 좋아하는데. 이내 주원이 화들짝 놀랐고, 무슨 말을 나눴는지 현겸 선배에게 어깨를 맡긴 채로 걸어가기 시작했다. 저녁 생각이 뚝 떨어지는 광경이었다.

울분을 담아 드럼을 두드렸다. 손에 잡힌 물집이 성가셨지만 신경 쓸 바 아니었다. 차라리 요란하게 터져 피를 잔뜩 쏟아 냈으면 좋겠다. 나는 선생님이 가르쳐 주었던 주법을 무시한 채 부숴 버릴 듯이 손을 휘둘렀다. 귀가 먹먹해도 멈추지 않았다.

이건 폭력이 아닌 합법이었다.

"너, 요새도 밴드 하냐?"

집에 오자마자 직대감이 가득한 아빠의 면상을 마주해야 했다. 야간 자율학습을 끝내고 들어오면 11시 20분. 보통은 입시학원 강사인 아빠가 더 늦게 오는데 금요일은 나보다 퇴근이 빠르다. 그래서 일주일에 한 번은 나를 심문하듯이 훑었다. 엄마가 준비한 듯한 고구마파이의 향기가 뒤늦게 난다. 저녁을 굶었더니 그 냄새가 위장을 자극했다.

"스트레스 해소용이에요."

"스트레스? 그걸 말이라고 해?"

"영훈이 가방도 안 내려놨어. 나중에 얘기해."

엄마가 아빠를 완곡히 말렸다. 같은 학원 강사지만 아빠와 달리 주로 초등학생을 가르치는 엄마는 오후에 바짝 일하고 저녁엔 대개 집에 있었다. 둘이 같은 학원을 운영했을 때와 비교하면 시간이 많아진 셈이다.

"너 분명 1학기만 하고 관둔다고 했어, 안 했어? 지금 2학기 시작한 지 2주가 넘었는데 아직도 거길 가? 네가 정신이 있는 놈이야, 없는 놈이야?"

"그건 아빠가 강요한 거고요."

"뭐 인마!"

자칫하면 날 때릴 기세였다. 엄마는 말리길 포기했는지 아예 식탁에 앉아 머리를 푹 숙이고 있었다. 아빠가 저렇게 위협적으로 나와도 때린 적이 없거니와, 때린다 해도 겁나지 않았다. 이 지리멸렬한 다툼은 언제 끝나는 걸까.

"여기 와서 눈에 띄는 짓 하지 말라고 했잖아. 그런데 왜 그래? 왜 버젓이 공연을 하고 자빠졌냐고."

우리 밴드가 이달 말에 충경고 초대 공연, 다음 달엔 시 축제 '성원마당'에 올라간다는 사실을 알면 정말 날 패 버릴지도 모르겠다. 언젠간 정면으로 맞닥뜨릴 일이다. 굳이 숨길 생각은 없다. 다만 오늘은 타이밍이 아닐 뿐.

"네가 사람이라면 생각이란 걸 좀 해라."

아빠는 이만큼 잔소리하고도 화가 가라앉지 않은 듯 담뱃갑을 들고 현관 밖으로 나가 버렸다. 쾅 닫히는 소리에 온 집 안에 찬물이 끼얹어졌다. 식탁에 있던 엄마가 힘없는 목소리를 냈다.

"영훈아, 손 씻고 옷 갈아입어. 간식 먹자."

나는 엄마 말에 순순히 따랐다. 어두컴컴한 내 방에 들어와 교복을 벗는 동안에 자조적인 웃음이 나왔다. 내가 잘못한 게 뭐란 말인가. 대체 언제까지 이렇게 살아야 한단 말인가.

엄마는 그사이 고구마파이와 탄산수를 식탁에 올려놓았다.

나는 맞은편에 말없이 앉았다. 치즈가 듬뿍 버무려진 고구마파이는 엄마의 단골 간식 메뉴다. 언제 먹어도 질리지 않는 맛이다. 그리고 배고픔은 최상의 조미료였다.

탄산수를 시원하게 들이켜고 나니, 엄마가 말했다.

"엄마 아빠가 여기까지 일어서는 데 얼마나 힘들었는지 알지?"

"……."

"밴드에서 드럼 친다고 했나?"

나는 파이를 입에 넣은 채로 고개만 끄덕였다.

"재미있어?"

다시 끄덕끄덕.

"정말 스트레스 해소용인 건 맞고?"

아, 결국 엄마도 날 심문하는 건가. 아빠랑 방식만 다를 뿐이다. 갑자기 파이에서 고구마 맛도 치즈 맛도 느껴지지 않았다. 나는 미각이 둔해졌나 싶어 다시 탄산수를 벌컥벌컥 들이켰다. 그러고 한마디 했다.

"학원 망한 게 내 잘못은 아니잖아."

"그렇지."

"근데 왜 자꾸 나한테 그래?"

엄마의 눈이 순간 번뜩했다.

"너한테도 피해가 갈 일이니까."

"……."

"너는 엄마 아빠처럼 되면 안 되니까."

"……."

"그러니까, 밴드 활동하는 거 다시 한번 생각해 보자. 응?"

나는 대답 대신 벌떡 일어나 내 방에 들어와서 문을 잠갔다. 그리고 의자에 앉아 한참을 웃었다. 조선이 오랑캐를 상대하던 강경책과 회유책도 아니고 엄마 아빠가 협박과 설득을 번갈아 한다. 정말 오랑캐가 된 것 같아 웃음이 또 나왔다.

차라리 공부에 집중하기 위해, 더 좋은 대학에 가기 위해 밴드를 그만두라고 하면 더 설득력 있었겠다. 입시에 빠삭한 아빠와 엄마라면 충분히 그런 논리를 내세울 수 있었다. 한때 입시 상담 자문으로 학교마다 뻔질나게 돌아다녔던 아빠도, 치맛바람 비슷한 걸 일으켰던 엄마도 지금은 조용할 뿐이다. 마치 세상의 빛을 보면 안 되는 것처럼. 동굴에 숨은 박쥐처럼.

혼란스러움이 공부에 지장을 주면 내 손해다. 나는 과학부터 독파하기로 마음먹고 문제집을 펼쳤다. 그리고 태블릿을 꺼내 인터넷 강의를 틀었다. 이미 아는 문제들에 대한 설명이 길어서 '10초 뒤로' 버튼을 연타해 영상을 넘겼다. 내가 표시한 문제가 나오려면 아직 멀었다.

둥 둥 탁, 둥 두두 탁 탁.

지루함을 달래기 위해 종이와 책상을 볼펜으로 가볍게 두드렸다. 낮에 연습했던 리듬이 재현되고 있었다. 황성진 선생님이 가르쳐 준 변박 주법도 다시 되새겨 봤다. 이미지 트레이닝이었다.

그러다 문득, 동아리실 문 옆으로 고개를 빼꼼 내밀던 주원의 모습이 떠올랐다. 남자 친구와 다정하게 붙어 걸어가던 광경도 떠올랐다. 속이 울렁거린다. 얼른 다른 생각으로 전환하고 싶은데 잘 되지 않았다. 주원은 오늘 내게 꾼 돈으로 무얼 하고 놀았을까. 어떤 음식을 먹었을까.

강의가 점점 더 머리에 들어오지 않았다. 집중이 될 리가 없었다.

⏮ ▶ ⏭

아빠와 더 많이 마주쳐야만 하는 주말이 지나가고 월요일이 되었다. 오늘은 진학 상담이 있는 날이었다. 사회를 가르치는 담임 선생님은 머리가 희끗희끗해 아빠보다 나이가 들어 보였다. 2학년 1학기까지 적힌 나의 기록을 펼쳐 놓고 허름한 공간에서 이야기를 시작했다.

"고영훈이, 성적 관리 잘했네. 모의고사도 거의 1등급이고. 너

정도면 서울에서도 원하는 대학 골라 갈 수 있어."

"……."

"1학년 때 장래 희망이 의사였네. 올해도 마찬가진가?"

"네."

"의대 가려고?"

"네."

형식적인 상담에 벌써부터 염증을 느꼈다. 1학기에 대화했던 내용과 판박이였다. 담임 선생님은 그때 자기가 했던 말을 또 하고 있다는 사실을 모르는 건가. 한꺼번에 여럿을 상대하느라 일일이 기억하지 못하나?

"지방에 가더라도 의대라는 말이지?"

"안 되면 약대라도요."

"이 성적이면 가능하겠지. 그런데, 왜 의사냐?"

처음으로 다른 질문이 나왔다. 나는 자세를 고쳐 앉았다.

"요즘 대세라서?"

갑자기 왜 진학이 아닌 진로 상담을 하는 건지 모르겠다. 어리둥절하면서도 이런 질문이 싫지는 않았다. 나는 스스로를 비웃는 심정으로 답변했다.

"그게 눈에 안 띄면서도 살 만한 직업이니까요."

"눈에 안 띈다라."

담임 선생님은 특이한 대답이라 생각했는지 픽 웃었다. 그러고는 다시 내 기록을 죽 살폈다. 잠시 후에 숨은 그림을 찾은 듯, 담임의 억양이 높아졌다.

"올해 동아리 활동이, 밴드부?"

"……."

"의대에 가려면 생명과학 동아리, 뭐 그런 걸 해야 하지 않겠냐? 봉사활동 실적을 쌓을 수 있는 동아리도 좋고."

"필요하면 추가로 할게요."

선생님이 안경을 추어올렸다.

"그래. 요새 교과 동아리 인기 엄청난 거 알지? 학종은 일찍 일어나는 새가 먼저 먹이를 잡는 전형이야. 너만 그게 필요한 게 아니라고. 나중에는 들어가고 싶어도 안 될 수 있으니 미리미리 준비해."

상담은 그렇게 끝났다. 어째서 상담실 문을 나설 때 한숨부터 나왔는지 모르겠다. 의사가 희망이 아닌 현실적인 출구가 된 건 오래전부터였다. 그것만이 살길 같다. 내가 공부를 못했다면 어땠을지 생각만 해도 끔찍하다. 성적으로 우월감을 가지거나 남에게 뻐긴 적은 맹세코 없다. 재규어는 이빨이 있고, 고슴도치는 가시가 있듯, 내겐 공부가 생존 수단일 뿐이다. 그 이상 이하도 아니다.

복도를 걸어오니 교실 문 앞에 친구가 서 있었다. 우리 학교, 아니 이 도시에서 내가 유일하게 마음 터놓고 얘기할 수 있는 친구.

바로 수찬이었다.

이어폰을 귀에 꽂은 채 들썩들썩 고개를 흔들고 있다. 나를 보면서 씩 웃은 채로. 표정 하나만으로 사람을 유쾌하게 하는 희한한 녀석이었다. 수찬과 주먹을 맞대며 자연스레 인사했다.

"뭐 들어?"

"자."

수찬이 무선 이어폰 한쪽을 내게 건넸다. 나는 그걸 받아 귀에 꽂았다. 요즘 유행하는 보이 그룹의 흔한 댄스곡이었다. 별생각 없이 유행을 따라가는 건 내가 경멸하는 종류 중 하나다. 하지만 수찬에게 서운한 건 그런 차원의 것이 아니었다. 거의 배신감에 가까웠다. 나는 곡을 끝까지 듣고 나서 말했다.

"밴드 다시 들어올 생각 없어?"

"놉."

"갑자기 나가 버리면 어떡하냐. 계속 공연 있는데."

"그건 내 알 바 아니고."

수찬이 단호히 검지를 치켜들었다. 마치 베이스 기타를 잡은 적조차 없는 것처럼. 녀석의 신경 긁는 말투나 단어 선택 때문에 논쟁이 벌어질 때가 한두 번이 아니다. 지금은 내가 참을 타이밍 이었다.

"야, 난 너 때문에 드럼 채 잡았어."

"잘해 봐. 완전 물올랐는데."

수찬은 너무나 해맑게 웃으며 내 어깨를 툭 쳤다. 정말로 나는 수찬이 아니었으면 밴드에 들어갈 일이 없었다. 중학생 때부터 친구였던 수찬과 올해 같은 반이 되면서 부쩍 가까워졌는데, 자신이 밴드부에 있으니 같이해 보지 않겠느냐고 제안한 것이 시작이었다. 그래서 수찬처럼 기타나 배울 생각으로 갔더니, 황성진 선생님이 권유하는 것이었다.

"드럼이 잘 어울리겠네. 마침 자리가 비었는데."

그날 처음 잡아 본 드럼 채는 마치 내게 오래전부터 기다렸다고 속삭이는 듯했다. 쉬운 비트는 몇 번 만에, 수준 있는 것도 며칠 연습하면 연주할 수 있었다. 부원들은 천재가 들어왔다고 놀라워했다. 경쟁하는 사람도 없이 레귤러 멤버에 안착한 나는 드럼에 대한 지식과 기술을 스펀지처럼 빨아들였다. 드럼을 치는 동안에는 머리가 터질 듯한 난해한 생각이 싹 사라졌다. 복잡한 일 따위 가볍게 만드는 힘이 있었다. 그 순간만큼은 원래의 나로 돌아가는 것 같았다. 아무 눈치 볼 필요가 없고, 아무런 제약도 없는 순수한 나.

이 모두가 수찬이 끌어들인 게 원인이었단 말이다. 그런데 이 녀석은 나를 놔두고 혼자만 밴드를 쏙 빠져나갔다. 지유가 죽었다는 소식이 학교에 파다할 때여서, 내가 먼저 물어본 적이 있었다.

"지유 때문이냐?"

"아니. 방학 때 콘서트 직관했는데 춤이 좋아 보여서."

그러고서 수찬이 들어간 곳은 하필 댄스 동아리였다. 학교 축제나 여러 행사에서 라이벌 격인 동아리라, 일부러 먹이는 거 아니냐고 주원이 분노하기도 했었다. 나는 수찬이 그런 성격이 아니라는 걸 알고 있다. 녀석은 정말 순수하게 흥미가 그쪽으로 옮겨 간 것일 뿐이었다.

"너까지 황성진 쌤처럼 질척대지 마. 동아리가 노예 계약은 아니잖아."

다시 능글맞게 웃는다. 내가 자유로운 영혼으로 살고 싶은 욕구를 녀석은 몸소 실천하고 있다. 부럽기도 하고 아니꼽기도 하다. 이 녀석이 나라면 과연 어떻게 처신했을까. 그래도 눈치 따위 안 보는 자유로운 영혼이었을까, 아니면 숨이 막힌다며 절규했을까.

야간 자율학습이 시작되는 저녁 7시까지 석식 시간은 80분 주어진다. 이때 나가서 운동하거나 부족한 잠을 보충하거나 몰래 PC방에 다녀오는 애들이 많다. 나는 보통 밴드 동아리실에 간다. 그리고 드럼 연습을 한 시간쯤 한다. 드럼을 실컷 두드리고 나면 공부할 때 오히려 잡생각이 줄어든다. 전에는 수찬의 베이스와 리듬 라인을 맞춰 보기도 했는데, 이젠 오롯이 혼자였다. 수찬이 탈퇴한 뒤부터는 이 시간에 다른 멤버가 오는 걸 보지 못했다.

목요일. 어김없이 혼자 연습하고 있었다. 이웃 충경고 축제에 올라갈 날이 2주쯤 남았다. 한 곡을 새로 연주하기로 했는데, 악보의 마지막 트레몰로 부분이 어려웠다. 16분 음표에 작대기 두 개가 붙어 64분 음표로 연주해야 하는 구간이었다. 황성진 선생님은 여길 버즈롤로 처리하라 했다. 스틱 헤드에 힘을 지그시 주어 누르는 방법. 그러면 드르르륵, 잘게 떨리는 소리가 난다. 따로 연습할 때는 잘 되는데, 전체를 연주하다 넘어갈 때는 부자연스러웠다. 오늘은 이걸 마스터할 생각이었다.

반복 또 반복했다. 생각이 많아지면 안 된다. 드르르륵, 드르르륵, 완전히 자동화될 때까지 손을 놀렸다. 그런데 갑자기 동아리실 문이 벌컥 열렸다.

"영훈아!"

다름 아닌 주원이었다. 나는 깜짝 놀랐다. 정기 연습 때나 얼굴을 비추던 애인데. 해맑은 미소와 호리호리한 몸 곁으로 흔들리는 오렌지색 머릿결이 내 머리를 정지시킨다. 왠지 동아리실에 향기가 퍼지는 듯했다.

"아, 이 시간에 웬일?"

"난 이 시간에 여기 오면 안 되냐?"

"아, 아니……."

아무래도 돈을 꾸러 온 것 같은데, 오히려 눈치를 보는 건 내 쪽이었다. 금요일이 아닌 날에 불쑥 찾아온 건 처음이었기 때문이다. 지금 내 수중엔 돈이 별로 없었다. 내일 정기 연습 때 챙겨올 참이었으니까.

"연습 잘 돼?"

"그냥…… 하는 거지."

"으휴, 노잼."

주원은 나한테 '노잼'이란 표현을 자주 쓴다. 안 그래도 말이 적은 편인데, 주원 앞에선 왜 할 말이 더 궁색해지는지 모르겠다.

그때, 문밖에서 어떤 남학생의 목소리가 들렸다. 누군가와 통화하는 듯했다. 다름 아닌 현겸 선배였다. 둘이 여길 같이 온 것이다. 그리고 주원만 나를 보러 들어왔다. 아니나 다를까, 곧바로 용건을 말했다.

"혹시 지금 돈 있어? 급해서."

"아, 잠깐만."

가방 속 지갑에 뻗는 손이 무거웠다. 나는 평소엔 돈을 많이 들고 다니지 않는다. 씀씀이가 거의 없어 별로 필요하지 않기 때문이다. 지갑을 열어 봤더니 만 원짜리와 천 원짜리 한 장씩이 전부였다. 나는 만 원짜리를 꺼냈다.

"오늘은 이게 다인데."

"땡큐!"

주원은 애초에 많은 걸 기대하지 않았던 듯, 밝은 얼굴로 손을 내밀었다. 그 순간 약지에 끼워진 반지가 눈에 들어왔다. 얇은 은반지였다. 예전엔 없었는데, 현겸 선배와 같이 맞춘 듯했다. 정신이 아찔했다.

"나중에 갚을게!"

둘의 인기척은 금세 사라졌다. 다른 날과 달리 뭔가 씁쓸했다. 전에는 금요일 정기 연습이 끝난 뒤에 공손히 부탁하는 태도로 돈을 꾸었다. 그런데 오늘은 마치 옆을 지나가다 충동적으로 들어와 갈취해 가는 느낌이지 않은가. 게다가 현겸 선배까지 옆에 끼고서.

어쩌면 현겸 선배에게 내 얘길 했을 수도 있다. 잠깐 기다리라고. 돈줄이 있다고. 말만 하면 다 들어주는 호구라고. 둘이 함께 나를 비웃었을 수도 있다.

주원에게 나는 어떤 사람으로 보일까. 드럼 연습만 몰두하는 모범생? 말도 없고 재미없는 남자애? 아니면 용돈이 제법 많은 친구?

나를 아무리 좋게 봐 준다 해도 주원이 내 실체를 알면 피하거나 경계할 것이다. 지금까지 몇 번이나 겪은 일이었다. 주원도 별반 다르지 않을 것이다. 그래서 아빠는 밴드 활동을 하지 말라고 한다. 맞는 말이지만 동의할 수 없다.

드르륵, 드르르르륵, 트레몰로 연주가 일정하지 않다. 내 손이 떨리는 건가. 힘이 안 들어가는 건가. 집중 안 되는 일이 너무 많이 생기는 요즘이다.

"잠깐만요."

노래하던 아민이 갑자기 마이크를 내렸다. 구경하던 경식과 현수가 나를 쳐다보고 있었다. 짧은 하울링과 함께 동아리실이 정적에 휩싸였다.

"영훈 오빠, 비트가 자꾸 빨라져요."

아민이 지적했다. 주원은 숫제 답답한 듯 한숨을 쉬었다. 난 오늘 번번이 실수했다. 소리가 큰 드럼이다 보니 조금만 틀려도 두드러진다. 하필 오늘은 황성진 선생님이 개인 사정으로 조퇴한 날이기도 했다.

"베이스가 없어서 그런가."

주원이 혼잣말을 했다. 봄에는 수찬이 묵직한 리프로 템포를 잡아 주었기에 리듬을 따라가기가 수월했다. 지난주에도 황성진 선생님이 베이스를 잡아 전체를 리드했다. 밴드에 들어올 때까진 존재 자체도 몰랐던 베이스가, 있는 것과 없는 것의 차이가 어마어마하다는 걸 깨닫는다.

주원이 기타를 닦던 현수에게 말했다.

"야, 네가 베이스 잡아 주면 안 되냐? 이 곡 단순하잖아."

벌써 몇 차례나 거절한 터라, 현수는 뭘 더 어떻게 거절해야 하는지 난감해하는 표정이었다. 사실 베이스 기타가 공석인 상태에서, 주원의 자리에 백업까지 있는 건 사치였다. 보컬이야 아민이 객원 멤버니 언젠간 경식이 필요하겠지만.

나는 주원의 말을 거들었다.

"폴 매카트니가 비틀스에서 왜 베이시스트가 됐는지 알아? 아무도 그걸 맡으려고 하지 않아서였대. 결국 폴은 살아 있는 전

설이 됐잖아."

경식도 나섰다.

"맞아! 음악을 사랑한다면 악기가 뭐든 무슨 상관이야."

현수는 동갑내기 경식에게 가차 없이 쏘아붙였다.

"그럼 네가 하지 그러냐."

경식은 아무 말도 못 했다. 결국 주원이 윽박질렀다.

"정현수, 이 새꺄. 넌 사람들이 전부 이렇게 말하면 고민이라도 좀 해야 하는 거 아니야? 뭔 고집이 그리 세."

"……"

"현수야. 오늘만 베이스 쳐 주면 안 돼? 맘에 안 들면 다음엔 하지 말고."

아민마저 설득했다. 현수는 어이가 없다는 듯 우리를 쳐다봤다. 그러고는 한숨을 푹 쉬며 구석에 놓여 있던 베이스 기타를 집어 들었다.

"알았어요, 알았다고요."

모두에게 질린 표정이었다. 악보를 보면서 베이스 리프를 몇 번 반복하더니 이내 고개를 끄덕였다. 기타를 치던 애라, 금방 감을 익혔다.

이후부터는 연습이 한결 순조로워졌다. 현수의 연주가 능숙하거나 흥이 넘치지는 않았지만, 확실히 없는 것보단 나았다. 공

허했던 음악의 허리가 채워진 느낌이랄까. 나도 더 자신 있게 칠 수 있었다.

연습을 마치고 정리할 때 주원이 말했다.

"26일이 충경고 축제라며. 2주도 안 남았는데 괜찮을까?"

"안 되면 안 되는 대로 하죠, 뭐!"

"네가 안 부른다고 쉽게 말하냐?"

경식은 입 열자마자 주원에게 컷 당했다. 그래도 경식은 주눅 들지 않고 모두에게 싹싹한 투로 인사했다.

"다들 수고했어요. 다음에 봐요!"

주원은 그제야 픽 웃었다. 우린 다음 주 화요일에 추가 연습을 기약하고 흩어졌다. 나는 당연히 남아 개인 연습을 할 생각이었다. 느긋하게 의자에 앉아 있는데, 아민이 오늘따라 나가지 않고 있었다. 아무래도 할 말이 있는 모양이었다.

"오빠. 이것 좀 봐 줄래요?"

가방에서 L파일을 꺼내 건네주었다. 그 안에는 인쇄한 용지에 손으로 직접 그린 악보가 있었다. 나는 한 장씩 넘겨 보며 물었다.

"이게 뭐야?"

"자작곡인데요. 드럼이 어떻게 들어가야 좋을지 의견 좀 주세요."

"오, 자작곡? 그런 것도 해?"

아민의 표정이 살짝 어두워졌다.

"사실…… 제 것이 아니라 지유 언니 곡이에요."

"지유? 걔가 작곡을 했었어?"

"전에 같은 교회 다닐 때 찬양이랑 반주하던 사이라 친했는데요. 언니가 최근까지 이 곡을 만들고 있었대요."

"이걸 네가 완성시키는 거야?"

"네. 오빠가 리듬 좀 봐 주세요."

악보엔 기타와 베이스, 그리고 드럼과 키보드까지 구분돼 있었다. 지금은 가사와 보컬 부분만 채워진 상태였다.

"내가 악보만 봐선 어떤 곡인지 잘 모르겠거든. 한번 불러 줄 수 있어?"

그러자 아민이 허밍으로 악보를 따라 불렀다. 낡은 동아리실에 새가 들어와 지저귀는 듯했다. 처음에는 노래가 잔잔하고 우울하더니 갑자기 격정적이면서 밝아졌다. 4박자에서 변한 것이다. 왠지 굴곡 많은 인물이 등장하는 드라마의 OST로 어울릴 것 같았다. 나는 노래의 끝자락이 남기고 간 여운을 한동안 음미했다.

"좋다. 확실히 느낌 있네. 내 생각엔 4박자일 땐 드럼이 거의 필요 없을 것 같고, 박자가 변한 부분부터는……."

아는 선에서 최대한 설명해 주었다. 아민은 연필을 꺼내 악보에 빠르게 끼적이며 내 말에 반응했다. 황성진 선생님에게 물어보면 더 잘 알려 주실 텐데.

"고마워요. 참고할게요."

"근데 아민아, 궁금한 게 있는데."

"네, 오빠."

나는 이걸 물어야 할지 잠깐 망설였다. 지금껏 누구도 속 시원히 알려 주지 않은 일이었다. 그래서 아민에게 직접 물어보는 수밖에 없었다.

"너는 지유가 왜 죽었다고 생각해?"

"……."

곤란한 질문을 받은 듯 아민의 얼굴에 당황스러움이 깔렸다. 나는 덧붙였다.

"싫으면 말 안 해도 돼. 같은 교회였다기에 혹시 알까 해서."

"저 연습생 된 뒤로는 거의 안 다녀요."

"아."

나는 이 말이 거절의 뜻인 줄 알았다. 그런데 아민은 자기 의자를 가져와 내 앞에 앉았다. 이렇게 마주 앉아 보기는 처음이었다. 얼굴이 작다고 생각했는데 정면에서 보니 더 작고 이목구비도 오밀조밀했다. 적당히 화장한 얼굴은 동급생보다 조숙해 보였다. 멀리서 봤다면 영락없이 선배로 착각할 만큼.

"언니는 피아니스트가 되고 싶었어요."

"건반이 단순 취미가 아니었구나."

"네. 저한테 말해 줬는데요. 자기도 한을 달래고 싶어서 키보드를 친다고 했어요. 재작년에 예고 가려고 준비했는데 결국 못 갔거든요."

"왜?"

"언니 아빠가 사고로 갑자기 돌아가셨어요. 엄마가 일을 시작했지만 예고 학비랑 레슨비까지 하면 장난 아니잖아요. 일반고로 올 수밖에 없었대요."

유서도 없이 갔기에 지유가 인생을 비관했으리라 막연히 추측했는데, 아민에게서 나온 말은 꽤 구체적이었다. 지유 형편이 어려운 건 알고 있었다. 그런데 진로마저 좌절되었을 줄이야.

"황성진 샘이 포기하지 말라고 피아노도 가르쳐 주고 했나봐요. 그런데 언니가 가면 갈수록 한계를 느꼈대요. 그리고……이건 제 생각인데요. 제가 작년에 오디션 나간 것도 영향을 주지 않았나 싶어요. 사실 그전까지는 언니가 콩쿠르 입상도 더 많이 했고, 교회에서 칭찬받곤 했거든요."

아민의 얼굴이 더욱 어두워졌다. 친한 동생이 먼저 대중에게 음악으로 인정받고 유명해졌으니 지유가 어쩌면 질투를 넘어

자괴감을 느꼈을지 모르겠다. 나는 말없이 고개만 끄덕거렸다.

"이런 얘기…… 처음 해 봐요. 아무한테도 말하지 마세요."

아민이 내게 꾸벅 인사하고는 동아리실을 나갔다. 나는 한동안 멍하니 있었다.

주변에 널려 있는 복잡한 악기와 기재들을 죽 훑어보았다. 오른쪽 구석에 이제는 연주한 지 오래된 키보드가 덩그러니 놓여 있었다. 저걸 연주할 멤버가 들어오지 않으면 우리 밴드는 건반 없이 공연하게 된다. 합주의 다채로움과 부드러움이 많이 줄어들 것이다.

연습하려고 채를 붙잡았다. 그리고 퉁, 한 번 가볍게 두드렸다. 뭔가 석연치 않아 그대로 또 멈췄다. 한 가지 생각이 머릿속에서 떠나지 않았다. 지금 내 판단이 과연 온당한 것인지 계속 되짚어 보아야 했다.

형편이 어려워지고, 피아니스트의 꿈이 좌절된 지유. 아민의 유명세를 부러워했을 지유. 여기서 연습할 때도 왠지 얼굴에 힘이 없었던 지유.

그런데, 그게 정말 목숨을 끊을 만한 일이었을까?

아민: 견딜 수 없는 극단

본동 현관을 나서니 시원한 가을바람이 목을 휘감고 지나갔다. 앞머리가 멋대로 나부낀다. 지난주만 해도 푹푹 쪘는데, 9월의 날씨는 변덕스럽다. 해 질 녘의 운동장은 나만 빼고 역동적이다. 옆에서 농구 하던 남학생들이 날 보며 법석을 떨었다. 가끔은 대놓고 지아민 파이팅, 소리치는 학생들도 있다. 나는 9월의 날씨보다 그게 더 변덕스러워 보인다. 언제까지고 날 응원해 주진 않을 테니까.

서둘러 출근해야 하는 금요일이었다. 다른 요일은 정규 수업만 들고 오후 4시쯤 출발하는데, 금요일은 밴드 연습하느라 5시가 다 되어 나온다. 역까지 택시 타고 가서 서울에서 또 택시를 잡아야 소속사에 가까스로 시간을 맞춘다. 게다가 오늘은 영훈 오빠와 얘기하느라 더 늦게 나오고 말았다. 우리를 관리하는 매니저는 언제나 철저하다. 결근은 물론 지각까지 모두 체크한다. 급여도 받지 않는데 일반 사원처럼 관리당해 숨이 막힌다.

영훈 오빠는 날 알아보지 못했다.

오늘은 일부러 가까이 마주 앉아 보았다. 그런데도 표정의 변화가 없다. 나를 그저 밴드에서 처음 만난 노래 잘하는 애로 알고 있는 것 같다. 원망스럽기보다 측은하다. 전보다 말수가 없고 조용하네. 훨씬 똑 부러진 사람이었는데. 개명까지 할 정도였나. 이 도시로 이사 와서 과거의 사람을 마주치는 걸 상상도 못 하는 걸까. 5년 전 영훈 오빠의 모습이 나는 아직 생생한데.

내가 5학년 때, 영훈 오빠는 학교에서 존재감이 상당했다. 다름 아닌 전교 부회장이었으니까. 나도 학급회장이라서 우린 같은 학생회에 속해 있었다. 격주마다 모여 여러 가지 안건으로 회의를 했는데 영훈 오빠는 주로 사회를 봤고, 나는 회원으로 참여하는 위치에 있었다. 내 눈엔 전교 회장보다 영훈 오빠가 더 돋보였다. 언제나 또랑또랑한 목소리였고 뻔한 시나리오대로 진행하지 않았기 때문이다. 항상 재기가 넘치면서도 필요할 땐 누구보다 논리적인 사람이었다.

영훈 오빠를 분명히 안 계기가 있었다. 첫 회의 때, 내가 의욕적으로 우리 학년의 건의 사항을 말했다가 6학년들의 반발을 샀다. 아마 체육관 사용 문제였을 것이다. 점심시간마다 매번 6학년이 독차지하다 보니 우리 학년의 불만이 쌓이는 중이었다. 나는 점심시간이 같은 고학년끼리 체육관 사용 요일을 지정해 공평하게 이용하자는 의견을 냈다. 6학년 회원들의 비난은 원색적이었다.

"제가 뭔데 노는 걸 통제해?"

"맞아. 수업도 아니고."

"원래 먼저 맡는 애들이 쓰는 거 아닌가?"

"요즘 5학년 너무 나대는데."

나는 기분이 너무 상한 나머지 어쩔 줄 몰랐다. 그때 영훈 오빠가 나섰다.

"지나친 말은 삼가 주세요. 저는 충분히 나올 만한 의견이라 보는데요. 4학년의 생각도 들어 보고 필요하다면 정식 안건으로 올리면 어떨까요?"

그날 다수결로 내 의견은 부결됐지만, 회의 마치고 오는 발걸음이 무겁지 않았다. 영훈 오빠 덕에 상황을 부드럽게 넘긴 데다 민주적으로 의견을 검증받았기 때문이다. 영훈 오빠라면 왠지 믿음이 갔다. 그래서 그 뒤로 영훈 오빠가 추진하는 일이라면 뭐든 적극적으로 참여했다. 학생회 주관 중고 장터 행사나 학년별 스포츠 대회도 내 일처럼 도왔다. 영훈 오빠에게 고맙다는 말도 몇 번 들었다.

영훈 오빠는 좋은 인상을 남기며 졸업했고, 일이 터진 건 그로부터 1년쯤 뒤였다. 한 고등학교에서 끔찍한 사건이 벌어졌는데, 평소 급우들에게 집단 따돌림을 당하던 학생이 화를 참지 못해 의자를 난폭하게 휘둘러 한 명은 사망, 또 한 명은 중상을 입은 사건이었다. 뉴스로 방영되었고, 당시 살던 용천이 시끌벅적할 만큼 큰 이슈가 되었다. 왕따 보복이라기엔 너무 잔인하지 않느냐, 아예 작정하고 죽인 거 아니냐, 가정교육을 어떻게 시켰기에 같은…… . 여론은 죽은 사람 편이었다. 그 학생은 소년 법정에 끌려가 장기 5년 형을 선고받고 복역하게 됐는데, 이름이 '고기문'이었다. 영훈 오빠의 초등학생 때 이름은 '고기준'이었다.

그 일이 있은 지 얼마 후에 영훈 오빠 가족 전체가 용천에서 연기처럼 사라졌다. 사람들은 그걸 도망이라 정의했다. 오빠의 이름은 아마 이곳으로 오면서 바뀌었을 것이다. 나도 엄마의 직장 때문에 재작년에 이쪽으로 이사 왔으니 얄궂은 재회라 할 수 있었다. 그러니 먼저 알은체를 할 수 없는 것이다.

세상이 떠들썩했던 사건 당사자의 가족으로 사는 건 분명 힘들 거다. 내가 다 이해할 수는 없겠지만, 사람이 저토록 그늘지게 변한다는 게 무엇인지 조금은 짐작된다. 그럼에도 밴드에 들어와 공연을 하기까지는 엄청난 용기가 필요했을 것이다. 다시 만난 영훈 오빠가 반갑다. 그래서 더욱 안타깝다.

⏪ ▶ ⏩

저녁 무렵의 선릉역은 언제나 정신을 멍하게 한다. 꾸역꾸역 몰린 인파에 휩쓸린 나를 보고 있으면 왠지 우주의 먼지만도 못한 존재 아닌가 하는 생각이 절로 든다. 이런 생각이 오늘도 열심히 일한 사람들에 대한 예의가 아닌 것 같아 미안해진다. 나는 모자와 마스크로 얼굴을 가리고 역을 빠져나왔다. 몇몇 사람이 날 쳐다보는 게 느껴졌지만 일부러 외면했다.

평소라면 트레이닝 센터까지 20분쯤 걸어서 간다. 오늘은 택시를 잡아타야 했기에 곧바로 승강장으로 향했다. 저녁은 먹을 새도 없었다. 이상하게 오늘은 빈 택시가 안 보인다. 차라리 뛰어갈걸, 하며 한동안 서 있었다.

그때 누군가 말을 걸어왔다.

"저 혹시……."

아아, 안 되는데 지금은.

"지아민 씨 아니세요?"

돌아보니 대학생으로 보이는 남자 셋이 신기하다는 듯한 얼굴로 연신 "대박!"을 외쳤다. 이렇게 가리고 숨겨도 알아보는 사람이 있다. 처음으로 말 걸었던 남자가 내게 부탁했다.

"사진 한번 같이 찍을 수 있을까요? 작년에 문자 투표할 때 아민 씨 찍었거든요."

"아, 네. 감사합니다."

마음에서 우러나오지도 않는 감사를 표했다. 이 사람이 정말 그랬는지, 아니면 지금 사진이나 한 장 건져 볼 생각에 꾸며 말하는 건지 알 수 없다. 언젠가부터 사람들의 말을 곧이곧대로 믿지 않게 됐다. 나는 억지웃음을 띠며 그 사람과 포즈를 취하고 셀카를 반복해서 찍었다.

사진은 한 장으로 끝나지 않았다. 나머지 일행도 각자 사진을 요구했기 때문이다. 역시 나는 운이 안 따른다. 늦었는데 이런 일이 겹치다니. 휴대폰을 살피던 남자들이 "방송으로 봤을 때보다 훨씬 말랐네.", "그니까. 여기 좀 봐." 하며 품평하는 말이 들렸다. 댓글을 볼 때보다 낯부끄러웠다.

"가 볼게요. 좋은 저녁 되세요."

"고맙습니다. 응원할게요!"

셋 모두 손을 치켜들며 인사했다. 나는 끝까지 예의를 다 차리고 돌아섰다. 그리고 시계를 보니 6시 28분. 이제는 택시를 잡아도 안 될 시간이었다.

"씨발, 진짜……."

뱉은 말에 스스로 놀라 주변을 살폈다. 아무도 못 들었다.

1분 늦으나 한 시간 늦으나 지각은 지각이다. 나는 승강장을 벗어나 터덜터덜 걸었다. 도중에 편의점에 들어가 삼각김밥도 하나 샀다. 기왕 늦은 거라면 여유라도 부려야 덜 억울하다. 들어갈 때 매니저 얼굴이 어떨지 안 봐도 뻔하다.

거리의 고층 빌딩 사이로 불그스름한 손톱달이 보였다. 오늘따라 유독 커 보인다. 별도 없이 혼자 외롭게 떠 있다. 서울의 밤하늘은 삭막해 보인다. 도시가 빛날수록 그렇다. 저 달이 꼭 내 마음 같다. 세상의 관심 속에서 꽉 차지 못하고 텅 빈 상태. 겨우 연습생 주제에 이런 걸 느낀다는 게 우습다.

"늦었네. 얼른 갈아입어. 2층이야."

매니저 언니의 목소리는 생각보다 덤덤하고 사무적이었다. 무단 지각이나 결석은 퇴출이라고 트레이닝 룸 곳곳에 붙어 있다. 그래서 겁먹었는데, 평온해서 의아하다. 아니면 학교 수행평가처럼 조용히 내 점수를 깎는 걸까.

"지아민, 빨리 와! 네가 늦으면 어떡해."

댄스 연습실에 들어가자마자 공지섭 트레이너가 외쳤다. 말끝마다 악센트를 주는 특유의 말투였다. 다른 연습생은 벌써 몸을 풀고 거울 보며 동작을 익히고 있었다. 다들 내게 눈길도 주지 않는다. 관심 없어서가 아니라 관심이 없는 척을 하는 거다. 서로가 서로를 넘어서야 데뷔조에 드는 상황. 금방 데뷔조에 들어갈 것으로 얘기된 내가 차일피일 밀리는 현실. 이 틈바구니에서 떨어질 떡고물을 기대하는 연습생들. 연습생 사이에도 엄연히 급이라는 게 존재했다. 방송에 출연한 덕에 팬덤까지 생긴 나는 출발점이 달랐다. 그런데 이제는 내가 어떤 급인지 헷갈리는 지경에 이르렀다. 공지섭 댄스 트레이너와의 애증 관계가 이런 현실을 말해 주었다.

"아민아, 자신 있게 더 드러내야지. 표정 살리고."

"……."

"거울 보면서 연습해야겠다."

"……."

"아민이 너, 혹시 요즘 쪘니?"

순간 뜨끔했다. 지난달보다 1킬로 쪘다. 공 샘이 알아본 것이다. 이달까지 2킬로를 빼라고 했는데 되레 쪘으니 할 말이 없다. 이런 불안함이 방금 동작에 드러난 듯하다. 이따 체크할 때 내 몸무게는 만천하에 공개될 것이다.

"아민아. 다이어트는 팬들에 대한 예의야."

공 샘이 모두 들으라는 듯 말했다. 공개 면박은 정말 싫다.

"난 댄스 실력이 안 느는 건 뭐라고 안 해. 그건 타고난 부분도 있으니까. 그런데 다이어트는 자기 관리잖아. 노력의 영역이잖아. 네가 최적의 몸을 만들어서 팬들에게 아름다운 춤 선을 보여 주는 게 예의 아냐?"

"……네."

마지못해 대답했다. 공 샘은 내가 벌써 데뷔라도 한 것처럼 말한다. 이런 화법이 다른 연습생들에게 자극이 될 테니 말이다. 내가 미래의 팬들에게 예의를 지키기 위한 몸무게는 39킬로였다. 키가 더 크지 않는 한.

"네가 댄스 겸비했으면 벌써 데뷔조인 거 알지? 가창력만 좋으면 뭐 해. 사이드에 세워도 구멍인 게 보일 정돈데."

이 말은 다른 사람에게 안 들리도록 말했다. 고맙다고 절이라도 해야 하나.

"노력할게요."

"말로만 하지 말고 결과로 보여 줍시다."

공 샘은 다시 원래의 악센트를 살려 말했다. 모든 시간이 긴장되지만, 특히 지금이 가장 숨 막힌다. 댄스와 표정 연습을 매일 같이 반복한다. 작년에 여길 들어오기 전까지는 생각도 하지 못한 일이었다. 나는 방송에서 항상 우뚝 서서 노래 불렀고, 솔로 이미지였다. '지아타민' 카페에 들어가 보면 지금도 아이유나 윤하에 비견할 싱어가 되라는 응원 글이 올라온다.

내가 몸치라는 건 오디션 프로그램에 나갔을 때 이미 알았다. 팀 미션이 있었는데, 모두가 합을 맞춰야 하는 춤에서 나만 뒤처졌다. 며칠 합숙하며 같이 연습해 봐도 잘 늘지 않았다. 3라운드였고, 여기서 못하면 팀 전체가 떨어지기에 어떻게든 방법을 찾아야만 했다. 우리는 궁리한 끝에 별도의 높은 무대를 신청했다. 그리고 나 혼자 거기에 올라 가창력이 돋보이는 파트를 불렀고, 나머지 팀원은 밑에서 춤을 곁들여 노래했다. 결과적으로 이런 눈가림식 경연이 통해, 우리 팀은 모두 준결승에 올랐다. 하지만 나를 스카우트한 소속사는 그걸 꿰뚫어 봤다. 처음부터 요구한 게 댄스 중점 연습이었다. 그리고 걸그룹 데뷔 준비를 하라고 했다. 완성되면 바로 데뷔조에 넣어 주겠다고.

계약할 때 솔로 가수가 되고 싶다고 말했다. 싱어송라이터가 꿈이라고 밝히기도 했다. 하지만 소속사에서는 일단 그룹으로 인지도를 쌓은 다음, 솔로로 전향하는 게 낫다고 했다. 그룹 멤버도 얼마든 작곡 작사가 가능하고, 그게 더 대중에게 인정받는다며 역으로 설득했다. 나는 그 말을 듣고 연습 생활을 시작했다. 하지만 1년 반이 지났는데도 댄스 실력이 지지부진하다. 방금도 잔소리를 들었다. 나에게 투자한 소속사에 미안할 따름이다.

보컬 연습과 외국어 공부까지 끝낸 다음, 트레이닝 센터를 빠져나왔다. 올 때보다 살이 에일 만큼 공기가 쌀쌀해졌다. 변덕스러운 9월 날씨였다. 하늘엔 외롭던 달이 사라졌고, 검은 구름이 끼었다. 잠시 후 휴대폰에서 톡이 울렸다.

💬 **성진샘** : 밤늦게 미안. 오늘 내가 연습 시간에 못 가서 너희한테 얘길 못 했네. 다다음 주 목요일이 충경고 공연이잖아. 이제 2주도 안 남았으니 매일 점심시간에 곡 맞춰 보자.

밴드부 단톡방이었다. 모두 여섯 명인 방에서 읽음 표시 숫자가 빠르게 줄어들고 있었다. 부원들이 즉각 반응했다.

💬 **강주원** : 언제부터요?

💬 **성진샘** : 다음 주 월요일부터.

💬 **이경식** : 점심시간에 할 거 많은데.

💬 **정현수** : 경식이랑 저는 세션 아니니까 안 가도 되죠?

💬 **강주원** : 뭔 소리! 너도 세션이거든.

몇 초에 하나씩 톡이 올라왔다. 별로 말이 없는 멤버는 나랑 영훈 오빠뿐이었다. 나야 잠시 활동하기로 한 손님 멤버니 그렇지만, 영훈 오빠는 항상 조용했다. 지금도 눈으로만 보고 있을 것이다.

선생님이 상황을 정리했다.

💬 **성진샘 : 그럼 다음 주 화요일부터 모이자. 원래 추가 연습 있는 날이었으니까. 경식이랑 현수도 와. 현수는 이번에 베이스 기타 부탁할게. 악보 파일 띄울 테니 주말에 꼭 개인 연습해라.**

볼멘소리가 연이어 올라왔지만, 선생님은 선생님답게 아랑곳하지 않았다. 뒤늦게 영훈 오빠가 '네.'라고 한 글자 올리면서 비로소 조용해졌다. 나도 웃는 이모티콘을 띄우며 알겠다고 대답했다. 내 기분과 이모티콘은 항상 별개다.

전철을 한 시간쯤 타고 내려서 집에 걸어오니 밤 12시 10분이었다. 이제는 몸이 자동으로 움직이는 느낌이다. 가기 싫어도 흐느적흐느적, 오는 길도 흐느적흐느적. 좀비가 따로 없다. 연습의 절반이 댄스다 보니 집에 올 때면 허기가 질 수밖에 없다. 나는 배를 움켜잡는 심정으로 현관문을 열었다.

"애오오옹."

먼저 나를 반겨 준 건 아루였다. 내가 통로를 걸어오는 소리를 듣고 이미 문 앞에 마중 나온 것이다. 쪼그려 앉아 쓰다듬어 줬더니 눈을 지그시 감고 갸르릉갸르릉 기분 좋은 소리를 냈다. 이 도시로 이사 오면서 아루와 함께 산 지 어느덧 2년이 다 되어 간다.

"딸. 다녀왔어?"

면도를 하지 않아 프링글스 아저씨처럼 콧수염이 자란 아빠가 문을 열고 나왔다. 글 쓰는 기간 동안 수염을 깎지 않는다는 해괴한 루틴이 있었다. 무협지를 쓰는데 몸에 칼을 대면 내공이 손상된다나. 그쪽 업계에서 수십 년 잔뼈가 굵은 아빠였다. 출근하는 엄마 대신 살림을 도맡기도 했다. 아빠가 물었다.

"저녁 제대로 못 먹었지. 뭐 해 줄까?"

"나 다이어트 중이라고."

"아, 맞다. 그럼 과일이라도 먹자."

"알아서 할게."

아빠는 산발에 가까운 머릴 긁적이며 다시 서재로 들어갔다. 나는 외투와 양말만 벗은 채로 냉장고 앞에 섰다. 아루가 더 만져 달라는 듯이 내 오른 다리를 휘감으며 빙빙 돌았다. 아루를 끌어안고 냉장고 문을 열었다. 그 안에는 초코과자와 핫도그, 탄산음료 같은 게 가득했다.

"……."

배에서 꼬르륵 소리가 난다. 아까 계체할 때 경고받았기에 먹으면 안 된다는 걸 알지만, 반골 기질인 배가 더욱 반항한다. 이런 주인을 만난 내 배한테 미안해진다. 소속사에 들어간 뒤로 10킬로를 뺐지만, 아직도 3킬로를 더 빼야 한다. 한참 문을 연 채로 바라보고 있는데, 뒤에서 변성기 목소리가 들렸다.

"그거 내 거야."

남동생 아성이다. 날 보며 실실 웃는다. 그러고 한마디 덧붙였다.

"하나 줄까?"

거지에게 적선하는 듯한 말투다. 살을 뺀다고 한 뒤로 일부러 냉장고에 먹을 걸 더 쟁여 두며 약 올린다. 아성이 중학생이 되면서 느는 건 장난기뿐이었다.

"됐거든! 굶어 죽어도 네 건 안 먹어."

"대끄든! 굴머 주거도 안 무거."

내 목소리와 표정까지 따라 하며 약 올렸다. 여기서 버티고 있으면 아성은 분명 뭔가를 꺼내서 보란 듯 먹을 것이다. 나는 신경질적으로 돌아섰다.

"으휴, 동생이 아니라 웬수."

배고프지 않다면 짜증을 내지도 않았을 것이다. 이 상황도 내 탓……. 감정 조절 못하는 내가 한심스럽다.

양치질을 일부러 오래 한 다음, 씻고 잘 준비를 마쳤다. 아루가 내 방에 들어왔다. 아루는 집에서 아빠 다음으로 나를 잘 따른다. 지금처럼 아빠가 서재에 들어가면 상대해 줄 사람이 나밖에 없다. 엄마는 외근으로 집에 못 들어올 때가 많고, 아성은 아루를 귀찮아하니 말이다.

꼬르륵…….

배가 또 요동을 친다. 이제는 고프다 못해 아픈 느낌이다. 사실 진짜로 먹고 싶은 건 따로 있다. 연습생 생활을 한 뒤로 거의 먹지 못하게 된 음식. 바로 베이컨이 듬뿍 들어간 크림소스스파게티였다. 꾸덕하고 치즈의 풍미가 가득한 하얀 크림에 면발을 돌돌 말아서 입에 넣으면 모든 스트레스가 사르르 녹아 없어질 텐데. 거기에 탄산을 한 잔 곁들이면 전율할 만큼 짜릿할 텐데. 전에는 얼마든 가능했던 게 이젠 금기가 되어 속상하다. 이 박탈감도 배가 고파서겠지. 마인드 컨트롤, 마인드 컨트롤.

허기를 잊기엔 역시 휴대폰만 한 게 없다. 먼저 유튜브에 들어가 즐겨 보는 영상을 두어 개 감상했다. 그리고 포털 사이트로 가서 내 팬 카페, 지아타민에 들어가 봤다. 가입자 수가 8천에서 정체된 지 오래였다. 오늘 새로 올라온 글은 네 개뿐이었다. 하나는 어디선가 퍼 온 유머 글, 다른 둘은 평범한 일상 글, 그리고 나머지 하나만 내 얘기였다. 소속사 드림캡쳐의 최근 경영 실적을 분석하며 내가 데뷔할 시점을 예상한 글이었다. 팬심이 가득한 글이라 나도 정독했다. 정말로 내년에 데뷔할 수 있다면 얼마나 좋을까.

인스타그램에도 들어가 보았다. 작년에 오디션 프로그램 '팝포텐셜'을 방영하던 시기엔 팔로워가 5만 가까이 모였었다. 특히 'TOP 12'에 들고, 준결승 무대에서 아깝게 떨어졌을 때 폭발적으로 늘었다. 연습생 계약상 SNS 금지라, 이제는 비공개 검색용 계정만 유지할 뿐이다. 인스타엔 작년에 방송으로 나간 모습이 많이 올라온다. 오늘도 나의 예선 첫 등장 무대 장면이 게시물로 올라와 있었다. 여러 프로그램의 명장면을 스크랩하는 계정이었다. 거기에 달린 댓글은 대부분 호의적이었다. 그중에 유독 눈에 띄는 게 있었다.

이땐 통통했던 지아민. 이 모습도 귀엽다.

내가 감량한 사실을 알고 있는 사람이 분명했다. 누구일까? 우리 학교 학생인가? 아니면 동창? 같은 소속사 연습생? 그것도 아니면 거리에서 마주쳤던 팬?

왠지 위로가 됐다. 당시의 난 보통 체격이었다. 방송에서 더 통통해 보였을 뿐이다. 팬들이 '애굣살'이라 부르던 볼살도 이제는 사라졌다. 살 빼기 전 모습을 좋아하는 사람도 있구나. 그런데 난 지금 이 고생을 한다. 어쩌면 나는 소속사의 잘못된 방향을 따르고 있는 게 아닐까?

그런데 대댓글에 이르러 눈이 멈췄다.

ㄴ 뭐래. 완전 돼지구만. 카메라가 안 받잖아.

ㄴ 살 좀 빠진 준결승 때가 그나마 볼 만했음.

ㄴ 보이스도 매력적인지 모르겠던데. 지를 줄만 알지.

반박에 반박이 겹쳐 난장이 벌어지고 있었다. 옹호해 주는 말보다 저격하는 글에 시선이 꽂혔다. 숨이 가빠진다. 설명하고 싶은 말이 산더미였지만, 이런 글에 일일이 반응할 순 없는 노릇이었다. 내 안에 들어온 독을 다른 글로 중화해야겠다. 다른 게시물을 눌렀다. 가장 잘하고도 아깝게 탈락했다는 준결승 영상이 올라와 있었다. 설명은 한 줄이었다.

청량한 비타민 보이스, 지아민!

그래서 생긴 별명이 '지아타민'이었고, 팬 카페 이름도 그랬다. 듣는 사람의 귀를 뻥 뚫어 준다는 평을 많이 받았다. 나는 영상을 재생하지 않고 곧장 댓글부터 봤다. 여기에도 작살이 숨어 있었다.

┗ **방송에서 누구나 붙여 주는 별명 가지고. ㅋㅋㅋ**

아루를 쓰다듬던 손에 땀이 배었다. 굳어 버린 손길에 아루가 몸짓으로 반응했다. 사실 모두 맞는 말이다. 통통해서 살을 뺐고, 내 창법은 호불호가 갈렸다. 별명도 1라운드에서 심사위원이 했던 칭찬이 자막으로 나가면서 붙은 것이다. 속이 쓰리다. 틀린 말이 하나도 없다.

나는 옆에 누운 아루를 계속 만졌다.

"아루야."

애오옹.

"언니가…… 자신이 없어."

애오옹. 아루가 또 사람처럼 대답했다. 그게 고마워서 아루를 끌어안았다. 아루는 가만히 있었다. 아까부터 심장이 빠르게 뛴다. 이래서 SNS 보지 말라고 매니저가 경고했는데. 나는 처방받은 신경안정제를 삼켜야 했다.

◀◀ ▶ ▶▶

날이 밝지 않은 새벽에 눈을 떴다. 아루는 저만치에 떨어져 자는 중이다. 베개가 눈물로 축축해져 있었다.

또 같은 꿈을 꾸었다. 지유 언니가 나타나는 꿈. 언니는 꿈에서 자신이 죽은 걸 모르고 있다. 나는 전부 기억하지만, 매번 물어보지 못한다. 언니는 왜 그런 선택을 했느냐고. 혹시 그게 나 때문은 아니냐고. 내가 조금이라도 영향을 주지 않았느냐고. 말을 하려 해도 도저히 목소리가 나오지 않는다.

언니는 해맑게 웃으며 자신이 신곡을 썼다는 이야기를 해 줄 뿐이다. 프레이즈가 이렇고 악상이 저렇고……. 나더러 무대에서 같이 연주해 보자고 조르기까지 한다. 그러다 말없이 울고 있는 내 모습을 보고 뒤늦게 달래 준다. 언니의 손길이 생생해 나는 울음을 멈추지 못한다. 언니가 투신한 날부터 반복적으로 꾸는 꿈이다.

느낌이 이상해서 한 달 전에 지유 언니의 엄마에게 연락했었다. 놀랍게도 지유 언니가 진짜로 곡을 쓰고 있었다고 한다. 나는 놀라움에 휩싸여 곧바로 언니 집으로 가서 미완성 악보를 받아 왔다. 아직 연필로 표기했고, 여기저기에 지운 흔적이 가득했다. 밴드 활동을 끝내려 했는데 이래서는 탈퇴할 수 없었다. 이

꿈을 계속 꾸는 한.

이 곡을 완성해야 한다. 죄책감을 덜기 위해서라도. 꿈에서나
마 해맑았던 언니의 부탁을 저버릴 수 없다. 오늘도 잠이 달아나
버렸다.

아무 인기척도 없는 새벽이었다.

해는 매일 조금씩 늦게 떴다. 가을이 사라져 버린 건지, 아직
10월이 안 됐는데도 점퍼 없이 등교하기 힘들 정도였다. 날씨가
점점 극단적이다. 따지고 보면 모든 게 극단으로 치닫고 있다.
사람들의 분열된 정서나, 이종격투기보다 재미있다는 정치나,
무언가 항상 불만이라는 경제 상황까지. 그리고 나를 마음대로
씹고 아무 데나 뱉어 버리는 사람들까지도. 그날 이후로 휴대폰
에서 인스타그램을 지웠다. 견딜 수 없는 극단이 가득했기에.

목표한 몸무게에 근접하고 있다. 대신 잠자다 벌떡벌떡 깨는
일이 많아 피곤하다. 반 아이들은 날씬해졌다는 말보다 초췌해
보인다는 말을 많이 했다. 기운을 차리려 애쓰지만, 수업 때 집
중력이 금방 흐트러진다. 그런데도 급식 시간에는 식판의 반도
비우지 못하고 버려야 했다. 차라리 조각칼로 살을 도려내는 편

이 낫겠다.

충경고 공연이 목요일로 다가왔다. 매일 점심시간마다 연습했고, 황성진 선생님이 악기마다 일대일 지도를 해 줬다. 베이스 연주하기 싫다며 연습을 안 하던 현수가 오래 지도받았다. 영훈 오빠는 선생님이 원 포인트로 알려 준 내용을 곧바로 수정하는 저력을 보여 줬다. 이번 공연은 결국 키보드 없이 하게 될 터였다.

"좋아. 우리 보컬 완벽해. 난 묻어가도 되겠어."

주원 언니가 시시덕거리며 말했다. 언니 기타 솜씨가 묻어갈 정도가 아니라는 걸 모두가 잘 안다. 어째서 저렇게 말하는 걸까. 말에 가시가 있다.

"맞아요. 그래서 제가 보컬 자리 꿈도 못 꾸잖아요."

경식이 맞장구쳤다. 저 말도 순수하게 들리지 않는다. 나더러 빨리 밴드 나가라는 뜻일지도 모른다. 이제 자신이 주목받아야겠으니 비켜 달라고.

"아민이는 컨디션 관리만 잘해. 좀 챙겨 먹고. 어째 피곤해 보여."

황성진 선생님이 내 속도 모르는 얘길 했다. 이 사람들에게 사정을 설명해 봐야 무슨 소용이 있을까. 언젠가부터 칭찬이 칭찬으로 들리지도 않는다. 말의 뿌리 속에 감춰진 의미를 생각하게 된다. 내 마음은 확실히 오염되었다.

"그러게. 퇴근할 때 우리 편의점 들러. 좀 챙겨 줄게."

주원 언니가 기타를 조율하며 말했다. 사실 나는 예전부터 언니가 부러웠다. 같은 여자가 봐도 선이 곱고 훤칠하기 때문이다. 언니 옆에 서면 나는 어린애 같다. 타고난 연예인 몸매는 따로 있는데, 왜 내가 이러고 있는 걸까. 관리도 안 하는데 저 정도니 다듬으면 엄청나겠지. 언니는 알고 있을까. 자신이 원석이라는 걸.

점심 연습은 언제나 짧다. 모여서 두어 번 맞춰 보는 것이 고작이었다. 선생님은 보완할 부분을 짚어 주었다. 억지로 베이스를 잡은 현수는 지적이 못마땅한 듯했다. 그걸 다독이는 선생님의 인내심은 대단해 보였다.

"목 관리 잘해. 아무리 검증된 보컬이라도 감기 걸리면 안 되니까."

내게는 이 정도 말이 전부였다. 선생님은 나한테는 항상 별 지적을 하지 않는다. 내가 완벽할 리는 없는데, 손님 멤버라 적당히 취급하는 걸까. 오늘은 손님 이상의 대화를 나눠 봐야겠다.

끝나고 각자 흩어질 때, 나는 황성진 선생님에게 다가갔다.

"선생님."

"응?"

"바쁘세요?"

"어, 아니."

기재를 정리하다 헝클어진 앞머리를 손등으로 훔치는 선생님은 정신없어 보였다. 나도 움직여 정리를 도왔다. 선생님은 괜찮다며 또 나를 손님 취급했다.

"아민아. 수업 안 가?"

"선생님은요?"

"난 5교시 비어 있어."

"여쭤보고 싶은 게 있어요."

선생님은 그제야 허리를 펴고 날 정면으로 바라보았다. 키가 한 뼘 이상은 커서 고개를 들어야 했다. 나는 가져온 악보를 펼쳐 내밀었다.

"이거, 나중에 공연할 때 오리지널 곡으로 발표하면 어떨까요?"

"……."

"아직 미완성이에요."

"밴드 곡치고는 여린 느낌인데. 아, 여기부터 바뀌는구나."

처음 본 악보를 선생님은 마치 글 읽듯이 감상했다. 머릿속에서 멜로디가 전부 재생되는 모양이었다. 손바닥으로 바지춤을 툭툭 치며 리듬을 살폈다. 흥얼거리는 음정도 정확했다. 확실히 평범한 사람은 아니었다.

"음, 전체적으론 무리 없네. 멜로디랑 드럼밖에 없어서 아직 판단하긴 이르지만."

"선생님이 베이스 라인 좀 잡아 주세요."

"그건 어렵지 않은데. 왜, 직접 하지 않고?"

"그게…… 우리 밴드에서 발표한다면 다 같이 만드는 게 어떨까 해서요. 드럼은 영훈 오빠 의견대로 했거든요."

"그래? 이게 영훈이 솜씨야?"

황성진 선생님은 그제야 관심이 생긴 듯 악보를 자세히 들여다봤다. 흐뭇해하는 기색이 역력했다. 영훈 오빠가 저 표정을 봐야 하는데. 선생님은 뭔가 생각났는지 연필로 몇몇 코드를 끼적였다. 베이스 악보 위쪽에 알파벳이 드문드문 채워져 갔다. 5분도 채 걸리지 않았다.

"리프는 어떻게 갈지 생각해 봐야겠어. 이거 복사해도 돼?"

"네."

"대단하네. 연습생 일도 바쁠 텐데, 곡도 쓰고."

"이거 지유 언니 거예요."

"뭐?"

"지유 언니 곡이요. 제가 완성하는 중이에요."

순간 처음 보는 선생님의 표정을 나는 놓치지 않았다. 놀람, 의혹, 당황스러움이 모두 담긴 얼굴이었다. 황성진 선생님은 빠르게 원래대로 돌아왔다.

"……이번 공연 끝나고 생각해 볼게."

그러곤 복사하겠다는 말도 잊어버린 듯 그대로 동아리실을 빠져나갔다. 분위기가 이상해졌다. 괜히 고인이 된 사람 얘기를 꺼내 심기를 건드렸나?

텅 빈 동아리실은 쥐 죽은 듯 고요했다. 햇빛에 비친 먼지만 부유하고 있다. 5교시 수업은 이미 늦었다. 기왕 이렇게 된 거 느긋하게 있다 가야지.

가장 푹신해 보이는 의자에 앉았다. 등받이에 몸을 기대고 기지개를 쭉 켰다. 나는 조금만 틀어지면 이렇게 아예 놓아 버리는 게 문제다.

우우웅.

그때 문자 메시지가 왔다. 매니저였다. '[제목 없음]'인 걸로 보아 장문 메시지인 듯했다. 나는 문자를 눌러 확인했다.

지아민. 오늘은 얘기해야겠어서 문자 보낸다. 너 요즘 왜 지각이 잦아? 점점 상습적이네? 규정상 3회 지각이면 퇴출인 거 알아, 몰라? 다른 연습생이 이의 제기 하잖아. 자꾸 이러면 곤란하지. 더는 못 봐주니 이제 정신 차려라. 이따가 계체 있을 테니 저녁 식사 자제하고. 잘하자 좀.

손끝에 닿은 금속 보면대가 차가웠다. 드럼에 달린 심벌이 차 갑고, 앰프도 차갑다. 벽도 차갑고 유리 창문도 차가웠다. 바깥 의 흙도 차갑고 나무도 차갑다. 나를 둘러싼 공기도 차가워졌다.

지적을 받은 것일 뿐인데 속이 갑갑했다. 마치 악플을 본 것 처럼. 한동안 잊었던 비난의 말들이 머릿속에 좌르륵 쏟아졌다. 매니저 언니는 요즘 내가 어떤 상태인지 한 번쯤 물어볼 수도 있 지 않았을까.

콤팩트로 얼굴을 정돈했다. 감촉이 뻑뻑해졌다. 한참 뒤에 다 시 정돈해야 했다. 주변엔 다행히 아무도 없었다.

성진: 저열한 인간

"성진아!"

점심 먹고 나오는데 급식실 앞에서 누군가 외쳤다. 학교에서 나를 이렇게 부르는 사람은 하나뿐이다. 대학 동창이자 같은 음악 교사인 제균. 2학기가 되어 펌을 하고 나타났는데 오히려 학생들 놀림감이 되었다.

"오늘 밤에 나올 거지?"

"아니. 못 가."

"아, 그러기냐? 간만에 회포 좀 풀자."

제균이 말하는 건 대학 동창 모임이다. 아직 졸업한 지 얼마 안 되어 다들 *끈끈한* 편이었다. 만나면 으레 사는 이야기를 하기 마련인데, 그래서 나는 갈 수가 없었다. 제균은 계속 지껄였다.

"우리 절대 음감께서 안 오면 섭섭하지. 교수님도 오신다는데."

"하하, 내 안부나 전해 줘."

"진짜 안 오려고?"

"어. 오늘 집 다녀와야 해."

거짓말을 한 뒤에야 제균을 보낼 수 있었다.

가서 할 말이 없다. 우리 학과에서 음악과 임용고시에 합격한 사람은 나뿐이었다. 심지어 작년 임용고시는 모두 떨어졌다. 2년째 나 혼자다. 한두 명을 뽑는데 전국 수백 명이 몰려드는 바늘구멍 임용 문턱이 비주류 과목 학과의 현실이었다. 나머지는 재수를 준비하거나, 제균처럼 기간제 교사로 일하는 정도다. 그러면 다들 신세 한탄이 나오기 마련인데, 나는 거기에 낄 수 없었다.

"와악, 쌤! 반가워요!"

계단에서 마주친 3학년 여학생들이 소리쳤다. 작년에 가르쳤던 아이들이다.

"우리 반 다시 들어와 주세요. 우리도 음악 수업 듣고 싶어요."

"하하, 나도 그러면 좋겠네."

그 여학생들이 지나치자마자 숙덕거렸다.

"웃을 때 보조개 봐. 반칙 아니야?"

"그니까."

일부러 들으라고 하는 대화다. 학생들 칭찬은 언제나 좋다. 때가 묻지 않은 느낌. 이제 교무실 앞이다. 때가 잔뜩 낀 곳. 나는 심호흡을 하고 들어섰다.

"여어, 황 선생."

예술체육부장이 곧바로 날 불렀다. 나는 그리로 다가갔다.

"예, 부장님."

"시에서 나온 사업비, 얼마나 썼어요? 요즘 예산 집행률 점검한대서."

"이번에 악기 좀 교체했고요, 음악실 진열장도 바꿔서 60퍼센트 이상 썼습니다. 업무 메일로 보내드렸는데 못 보셨어요?"

"그래요? 역시 황 선생은 알아서 척척이네. 체육계원들은 나만 보고 손가락 쪽쪽 빨고 있는데. 허허허."

때가 낀 칭찬이다. 지금 부장 말을 듣고 있는 체육 선생들은 나를 뭐라 하겠는가. 나는 그 선생들과 차마 눈을 마주치지 못한 채, 꾸벅 인사하고 돌아섰다. 교무실에서 내 자리는 교감 바로 맞은편이었다. 모두가 회피하는 자리를 막내 교사라는 이유로 배정받은 것이다. 이번에 새로 온 박현미 교감은 그리 까다롭

지 않은데도 교사들이 일부러 피하는 모양새였다. 나는 자연스럽게 인사했다.

"커피 드셨어요? 오후라 졸리실 텐데."

"난 마셨어요. 황 샘은? 한 잔 타 드릴까?"

"아, 전 괜찮습니다."

교감이 잠시 나를 빤히 쳐다보았다. 그러고는 미소를 띠었다.

"황 샘은 말야, 가만 보면 신기해."

"네?"

"2년 차 같지가 않단 말이야. 원래 그 경력 때는 어렵다고 투정도 부리고 하는데. 요즘 안 힘들어요?"

"예, 뭐."

"애들은 속 안 썩이고?"

"잘 따라 주던데요."

"하긴. 내가 학생이라도 황 샘 말은 잘 듣겠다. 인기가 보통 많아야지."

영양가 없는 이야기가 이어졌다. 나는 화제를 돌렸다.

"혹시 지금 교장 선생님 계실까요? 오늘 다시 말씀드리려고요."

"아, 시 축제? 교장 샘 계시긴 한데, 뭐 하러 또?"

"하하."

"잘 말해 봐요. 난 중립."

박현미 교감은 손날을 코앞으로 세워 보이며 다시 한번 중립이라는 걸 강조했다. 곧바로 교무실을 나와, 교장실 앞에 우뚝 섰다. 옷매도 한 번 더 점검했다.

똑똑똑.

문을 열어 보니 국어 선생이 업무 보고를 하는 중이었다. 황급히 문을 닫으려는데, 교장이 그냥 들어오라는 손짓을 했다. 마침 거의 끝나 가던 참이었는지 국어 선생은 얼마 후 서류 더미를 챙겨 빠져나갔다. 이제 교장실엔 머리가 반쯤 벗어져 근엄해 보이는 이혁권 교장 선생님과 나, 둘만 남았다.

"어. 왜요?"

"지난번 일로 왔습니다."

"……지난번?"

교장이 미간을 찌푸렸다. 기억 못 하는 걸까, 안 나는 척을 하는 것일까. 교장이 언성까지 높여 가며 핏대를 세웠던 일을 나는 다시 말했다.

"다음 달 성원시 축제 밴드 공연, 취소하고 싶습니다."

"그 얘기 벌써 끝난 거 아니었나?"

바로 표정이 굳었다. 내 얼굴도 마찬가지일 것이다.

"아니요. 다음에 다시 얘기해 보자고 하셨습니다. 그래서 왔고요."

"다들 문제없다는데, 왜 황 선생만 그래. 이유가 뭐요?"

"그것도 지난번에 말씀드렸습니다. 일단 세션 모집이 안 되는 중이고, 멤버 하나가 불미스럽게 되는 바람에……."

"아니, 왜 또 죽은 학생을 들먹거리는데!"

교장이 말을 끊고 성질부렸다. 나 역시 '죽었다'는 표현에 심장이 쿵 내려앉았다. 교장은 반말로 따졌다.

"그 학생이 밴드 공연하다 죽은 건 아니잖아. 담임도 잘 무마시키고 넘어갔는데 황 선생이 그걸 자꾸 문제 삼으면 안 되지. 부족한 자린 섭외해서라도 채우면 되고. 그 노래 잘하는 학생 있잖아. 개처럼 말이야."

교장은 아민과 지유, 누구도 이름을 기억하지 않았다. 나는 즉시 따졌다.

"지도 교사로서 말씀드리면, 요즘 밴드 상황이 안 좋습니다. 7월 학교 축제 때와 많이 달라요. 그런데 굳이 강행하시려는 이유가 뭡니까?"

"이 사람아. 자네도 기관장이 돼 보면 알 테지만, 이건 학교 신뢰의 문제야. 매체에 벌써 명운고 밴드가 선다고 보도가 다 나갔는데 그걸 취소해? 시에서 악기 사라고 예산 준 거 몰라?"

"밴드가 아니라 음악실 예산이었습니다."

"이 사람아, 끝까지 들어. 자네가 지도 교사면 차근히 가르쳐세울 생각을 해야지, 어째 포기할 생각부터 하나! 아니면 다른 선생으로 바꿔 줘? 김제균 선생도 학부 때 밴드 출신이라며."

"……그런 뜻은 아닙니다."

이래서는 이야기가 평행선을 달릴 뿐이었다. 교장은 지도 교사를 갈아 치우는 한이 있더라도 시 축제에 밴드를 내보낼 작정이다. 이쯤 되면 명확해졌다. 신뢰 때문이 아니라 자신의 체면 때문에 그렇다는 것이. 그리고 이 생각이 맞음은 내가 묵례하고 돌아설 때 확실해졌다.

"목요일에 충경고 가지? 잘하고 와요. 거기 교장이 내 친구야."

◀◀ ▶ ▶▶

점심 자투리 시간에 아이들을 불러 모아 20분 정도 맞춰 보는 건 고단한 일이다. 방금처럼 교장실에서 훈계를 당한 뒤라면 더더욱. 그래도 이 잠깐의 연습이 협주를 단단하게 하고 보완할 점을 깨닫게 한다. 나는 문 옆에 앉아 아이들의 연주와 노래를 관찰했다. 좁은 동아리실 안에서 악기들이 에너지를 내뿜고 있었다.

주원이 전주의 빠른 리프를 소화했다. 주원의 기타 솜씨는 분명 능숙하다. 하지만 잘못 길들여진 버릇 때문에 연주할 때 특정 구간을 얼버무리고 넘어갈 때가 있었다. 듣는 사람이 모르게 할 뿐이다. 전부터 지적하고 싶었지만, 주원의 반항적인 태도와 얼렁뚱땅한 성격 때문에 말하지 않고 있다. 오랜 습관이라 고쳐진다는 보장도 없다. 게다가 열정도 식은 듯하다. 전에 보여 줬던 특유의 필링이 안 느껴진다.

영훈이 드럼으로 전체의 템포를 끌고 가는 중이었다. 일정한 박자와 간결한 스텝. 모든 게 내가 가르쳐 준 대로다. 영훈은 백지 상태로 들어와 나한테 처음 배웠기에 잘못된 습관이랄 게 없었다. 뭔가를 지도해 주면 손에 딱지가 잡히도록 연습해 온다. 분명 칭찬받을 일이지만, 아직 추켜세워서는 안 되었다. 영훈은 지금 그냥 두는 게 낫다. 마음껏 불태우도록.

현수의 베이스가 자꾸만 따로 놀았다. 틀리지 않기 위해 급급한 연주였다. 드럼과 어울려 전체의 중심을 잡아 줘야 하는데, 갈 길이 멀다. 현수 얼굴을 보니 의욕마저 없는 듯하다. 공연에서 가장 걱정되는 파트였다. 여름까지 베이스를 잡았던 수찬은 잘하든 못하든 자신감이 넘쳤는데. 그 아이의 탈퇴가 아쉽기만 하다.

후렴구에 이르러 아민의 폭발적인 창법이 돋보였다. 경식도 입을 벌리고 쳐다본다. 아민은 내가 지도할 레벨이 아니었다. 솜씨를 넘어 그저 부러울 따름이다. 꿈을 향해 달려 나가는 학생. 나도 그런 시절이 있었다. 하지만 결국 안정을 택했고, 그 결과가 지금의 나다. 아민은 나처럼 되지 않길 바란다. 한 가지 마음에 걸리는 건, 아민이 요즘 힘들어 보인다는 점이다.

짧은 연습을 마치고 모두 교실로 돌아갔다. 그런데 오늘따라 아민이 홀로 남아서 뒷정리를 도왔다. 웬일인가 싶어 물었더니 내게 할 말이 있다고 한다.

"이거, 나중에 공연할 때 오리지널 곡으로 발표하면 어떨까요?"

"……."

이야기를 듣자마자 머리가 어지러웠다.

아민의 입에서 그 이름이 나오다니. 망각하려 애쓰고 있는데. 심지어 그 아이가 쓴 곡이라니. 계단을 내려오는데 하마터면 발을 헛디딜 뻔했다. 나는 손잡이를 잡고 천천히 내려왔다. 방금 본 그 아이의 선율이 머릿속에서 떠나질 않았다.

날개가 꺾인 채 고등학교에 들어왔던 지유. 작년의 모습은 흡사 유령과도 같았다. 아무런 즐거움이 없어 보였다. 사범대학에 억지로 진학했을 때 내 모습과 비슷했다. 담임에게 듣기로 우울 증상이 심하며, 자해 흔적까지 있다고 했다. 나는 수업할 때 지유가 음악적 재능이 있다는 걸 알아채고 밴드부로 이끌었다. 역시 피아노를 오래 다뤄 본 아이였다. 건반에 적응하는 것은 금방이었고, 우리 밴드는 키보디스트까지 갖춘 세션을 꾸릴 수 있었다. 지유는 제자리를 찾은 듯 실력을 발휘했다. 그리고 동아리실에 있을 때만큼은 자주 웃었다.

일이 잘못된 시초를 꼽자면, 그런 지유를 어떻게든 돕겠다고 피아노 지도를 해 준 때부터일 것이다. 지유는 분명 재능이 있었다. 그런데 콩쿠르에 나가기만 하면 번번이 떨어졌다. 지유는 자신이 예고에 못 가서 그렇다고 자책했다. 그때 섣불리 위로하지 말았어야 했다. 결국 이렇게 될 거였다면…….

나는 지유에게 키보드를 그만둘 것을 권유했고, 지유는 거절했다. 이것만이 자신의 희망이라고 했다. 그리고 밴드는, 아니 나는, 지유의 기대를 채워 주지 못했다.

나는…… 정말로 저열한 인간이다.

"성진아, 뭐해?"

제균이 어깨를 툭 치며 말 걸었다. 내가 잠시 멍했었나 보다. 마침 교감이 없어서 제균은 가까운 자리에 앉았다. 옆에서 보니 정말 머리카락이 브로콜리 같다. 제균이 휴대폰으로 어떤 앱을 들여다보며 물었다.

"넌 코인 안 해? 이거 요즘 완전 핫한데."

"……."

"알트라고 다 불안정한 게 아냐."

"하지 마."

"어?"

"그거 대부분 잃고 나와."

제균이 내 말에 코웃음을 쳤다.

"꼭 안 해 본 사람이 그러더라. 나 땄어 인마. 배팅이 적어서 그렇지."

"초심자의 행운 몰라?"

"그런 말은 나도 한다! 우리가 집을 살 수 있냐, 결혼을 할 수 있냐. 할 게 없으면 이거라도 해야지."

제균의 목소리는 작았지만, 자조 섞인 울분이 담겨 있었다. 제균을 좀 더 말리려던 그때, 주머니 속 휴대폰이 진동했다. 나는 눈짓으로 양해를 구하고 복도로 나왔다. 남자 화장실이 비어 있어 그리로 들어갔다.

"네, 엄마."

"점심 챙겨 먹었니?"

수화기에서 지친 목소리가 넘어왔다. 나는 반사적으로 대답했다.

"당연하죠. 급식인데."

"혼자 있을 때도 밥 해 먹고?"

엄마 목소리 뒤로 "떼이! 떼이!" 하는 괴성이 섞여 들렸다. 동생 성길의 목소리였다. 왜 전화했는지 알 것 같았다.

"집이에요?"

"으응. 일하다 말고 왔다. 성길이 상태가 오늘 안 좋아서."

"그렇다고 애를 집으로 보내면 어떡해요. 그 학교 선생 누구예요?"

"도움반 선생님 오늘 휴가래."

한숨과도 같은 목소리였다.

성길은 중증 자폐다. 나보다 열두 살 어린 늦둥이인데, 부모님이 월 몇 백씩 들여 치료를 했지만 소용없었다. 성길이 여섯 살 때 아버지가 급성 간암으로 돌아가셨고, 보험금마저 떨어지면서 치료를 중단해야 했다. 엄마는 성길을 충분히 돌보지 못해 상태가 나빠진 것 같다고 지금도 자책한다.

"아악! 성길아. 이러지 마!"

성길은 엄마를 자주 때린다. 힘도 많이 세졌다. 엄마는 비명을 지르며 마무리했다.

"일단 끊자. 나중에 엄마 기력 쇠하면 네가 성길이 돌봐야 해. 내가 오십 넘어서 이게 뭔 고생이니."

미처 대답하기도 전에 통화가 끊어졌다. 화장실의 퀴퀴한 향이 씁쓸히 맡아졌다. 이대로 교무실에 돌아갈 기분은 아니었다. 나는 그대로 머물러 휴대폰 앱을 켰다. 제균보다 훨씬 오래전부터 깔아 두었던 앱.

"……."

사실 재작년부터 주식과 코인 판에 본격적으로 뛰어들었다. 나 역시 쥐꼬리만 한 급여와 지금 형편으로는 희망이 없었기 때문이다. 처음엔 일백, 이백 수준이었는데 재미를 보면서 판을 키워 나갔다. 교사가 된 뒤로는 배팅이 천 단위 이상이 되었다. 거기에 그치지 않고 알트코인에도 손을 댔다. 분명 처음에는 올랐다. 그런데……

지금은 손실이 1억에 가깝다.

믿었던 우량주가 폭락하면서 손실을 메우려고 코인에 더 투자한 게 화근이었다. 주식이 롤러코스터라면 코인은 추락하는 로켓이었다. 신용 대출도 모자라 사채까지 끌어다 쓴 돈이 거의 날아갔다. 월 급여를 받으면 절반 이상은 원리금으로 사라진다. 몇 년을 갚아야 한다. 그런데 집에는 입영통지서가 와 있다. 일단 몇 개월 미뤘지만, 더 미룰 사유가 없다. 모든 게 절망적이다. 사람들은 왜 날 부러워하는지 모르겠다. 이렇게 일해서 뭐 하나 싶다. 그래도 나는 늘 멋진 교사, 건실한 청년, 그리고 효자로 지내야 한다.

인공적인 화장실 향이 씁쓸하게 맡아졌다.

‹‹ ▶ ››

충경고 축제 날이 되었다. 내 작은 승용차에 영훈, 주원, 아민, 현수가 구겨 탄 것도 모자라 트렁크에 기타 둘을 비롯한 온갖 기재를 실었다. 대학 시절에 제균과 헝그리 정신으로 투어 하던 때가 떠올라 웃음이 나왔다. 추석이 코앞인데도 날씨는 흐렸고, 축제에 온 사람들은 장 보러 온 것처럼 표정이 무심했다. 우리 아이들은 2부 행사 오프닝 무대에 선다. 학교장끼리 연결되어 성사된 무대였다. 충경고 교장은 돈 한 푼 안 들이고 인지도가 제법 생긴 밴드를 올리게 되어 내심 좋을 것이다. 우린 두 곡만 하기로 되어 있었다.

2시 30분 공연이기에 한 시간 전부터 준비해야 했다. 주원이 축제를 구경한다며 사라지는 바람에 나머지 셋과 세팅을 시작했다. 영훈과 아민과 현수도 다른 학교에 온 사실로 흥분한 듯했으나, 내색하지 않았다. 아마 경식이 왔다면 들떠서 난리를 피웠을 것이다.

영훈은 평소 다루던 드럼이 아니라 어색해하는 눈치였다. 내 작은 차에 드럼까지 실어 올 순 없었다. 영훈은 앉아서 손을 움직여 보며 어떻게든 적응하려고 노력했다. 베이스 연습을 게을리한 현수는 뒤늦은 초조함이 얼굴에 묻어났다.

공연 30분 전. 리허설 시간이었다.

"주원 언니는요?"

아민의 말대로 주원이 아직 나타나지 않았다. 어디 정신이 팔린 건지, 제멋대로일 때가 많은 아이다. 할 수 없이 내가 찾아 나서야 했다. 5분만 기다리라 말해 두고는 강당을 빠져나와 운동장으로 향했다. 여기저기 학생들이 운영하는 부스들이 줄지어 있었다. 주원은 키가 크고 염색도 했으니 찾기 쉬울 것이다.

다행히 곧장 눈에 띄었다. 충경고 본동 옆의 큰 나무 근처였다. 인적이 드물었고, 누군가와 통화하느라 뒤돌아선 주원은 내가 다가오는지도 모르고 있었다.

"아이 씨, 그만하라고."

거친 대화였다. 혹시 그 불량하다는 남자 친구인가? 나는 잠시 기다렸다.

"스토커야? 왜 싫다는데 전화도 모자라 학교까지 찾아와? 확신고하는 수가 있어. 흥, 아, 친권자라 소용없다고? 그래, 좋겠네. 어른이란 거 진짜 편리하다. 씨발 나도 빨리 어른 됐으면 좋겠네."

계속 들어 보니 상대방은 부모 중 한쪽인 듯했다. 나는 이쯤에서 알은척을 해야 하나 망설였다. 주원의 목소리는 더욱 격해졌다.

"됐고. 뭐 하는지가 왜 궁금한데? 또 오면 진짜 가만 안 둬. 못 할 것 같지? 한번 정 뗐으면 구차하게 굴지 마."

그렇게 전화를 끊었다. 주원은 휴대폰을 보면서 한숨을 푹 쉬었다. 그리고 몸을 돌리자마자 날 발견하고는 화들짝 놀랐다.

"아 뭐야. 있었어요?"

"리허설 시간이야."

"알아요. 가려고 했어요."

나는 어색한 티를 내지 않으려 노력했다. 주원의 얼굴에 아직도 열이 올라 있었기 때문이다. 주원은 성큼성큼 앞장섰고, 나는 뒤따라갔다. 우리는 한동안 말이 없었다. 슬러시를 파는 부스를 보면서 저걸 사 주면 기분이 좀 나아질까 생각했으나, 주원의 발걸음이 빨라 포기했다. 강당에 거의 이르렀을 때쯤, 주원이 한마디 했다.

"쌤, 다 들었죠? 존나 티 나요."

심란함을 안은 채 리허설을 했다. 연주에 딱히 큰 실수는 없는데, 뭔가 조마조마한 느낌이었다. 강당에 일찍 온 관객들이 하나둘씩 자리에 앉았다. 몇몇 학생은 아민을 알아보고 소리 지르기도 했다. 이들에게 우리의 연주가 얼마나 완성되어 있는지는 관심 밖이었다. 멤버들 상태를 보니, 오늘은 본전만 하면 다행이었다.

충경고 교장을 비롯한 교사들이 강당에 나타났다. 나는 다가가 꾸벅 인사했다.

"명운고 밴드 선생님인가? 반갑네그려."

뚱뚱한 충경고 교장은 내 손을 꽉 쥐며 악수했다. 그리고 형식적인 말이 오갔다. 교장 선생님이 안부 전해 달라고 했습니다, 안 그래도 방금 통화했어, 두 분이 친구라면서요, 교장 연수 동기야 껄껄, 같은. 남의 학교에서 오히려 내가 접대하는 느낌이다.

"잘 부탁해요. 명운고 축제만큼만 해 주면 바랄 게 없지."

부담감을 안은 채 오프닝 행사가 시작되었다. 남녀 학생 사회자가 대담 형식으로 공연 행사의 시작을 알렸고, 짧은 영상에 이어 곧바로 우리 아이들 무대가 시작될 예정이었다. 나는 대기 공간에 들어가 아이들을 다독였다.

"했던 곡이잖아. 긴장하지 말자."

내 말에 반응하는 멤버는 없었다. 곧 나갈 타이밍이었기 때문이다. 잠시 후 스태프가 나오라 손짓했고 아민, 주원, 영훈, 현수 순서대로 무대에 나갔다. 옆에서 지켜보는 나도 숨을 죽였다. 아민이 마이크를 잡자마자 명랑한 목소리를 냈다.

"안녕하세요. 우린 명운고에서 온 세계최강 밴드입니다!"

관객 몇몇이 그 말에 웃음을 터뜨린 것 같았다. 영훈의 비트를 시작으로 연주가 시작되었고, 장내엔 몸을 진동시키는 음악이 울려 퍼졌다. 어떤 관객은 벌써 어깨를 흔들며 흥을 돋우었다.

아민이 유명 인사라, 사람들은 그 존재만으로도 환영해 주었다. 성원시의 자랑과도 같은 아이니까. 익숙한 소절을 학생들이 따라 불렀다. 오프닝으로 더없는 분위기였다. 다른 멤버들도 흥이 오르는 듯했다. 주원의 얼굴이 아까보다 풀렸고, 영훈은 비트에 푹 빠진 모습이었다. 현수는 관객의 시선을 끌려고 베이스 기타를 흔들며 이리저리 스텝을 밟았다.

문제는 간주에 들어갔을 때였다.

툭.

짧은 파찰음과 함께 갑자기 주원의 기타 소리가 나오지 않았다. 베이스음을 타고 주원이 거의 독주를 펼치는 부분인데 날벼락 같은 일이었다. 앙꼬 없는 찐빵처럼 썰렁한 간주가 흘러갔다. 현수가 스텝을 밟다가 발에 줄이 걸려 주원의 기타 쉴드가 앰프에서 빠진 듯했다. 그대로 2절이 시작돼 버리자 아민은 당황한 기색이 역력했고, 주원은 노골적으로 어이없음을 드러냈다. 내가 나설 수도 없는 노릇이었다.

한마디로 대형 사고였다.

연주하는 척이라도 하면 좋을 텐데, 주원은 2절 내내 화난 얼굴로 우뚝 서 있었다. 사람들이 웅성거리기 시작했다. 현수는 숫제 땀을 비 오듯이 쏟았다. 자신의 실수를 알아챈 모양이었다. 그렇게 첫 곡이 끝나 버렸고, 막간을 틈타 내가 얼른 들어가 기타 쉴드를 다시 연결했다. 하지만 이미 전염병처럼 퍼진 기운까지는 수습할 수 없었다. 아민의 목소리는 살짝 떨렸고, 영훈의 드럼도 왠지 모르게 불안했다. 첫 곡 시작할 때보다 사람들의 반응도 확 가라앉았다. 즐기는 게 아니라 심사하듯이 보는 눈빛이 많아졌다. 보는 내가 이렇게 힘들 정도인데 아이들은 얼마나 괴로울까. 두 번째 곡을 하는 5분이 마치 50분 같았다.

돌아올 때 아이들은 아무 말도 하지 않았다. 차 안에서 수고했다, 이것도 경험이다, 갖은 격려를 해 봤지만 아이들 얼굴엔 모두 하나같이 '망했다'라고 쓰여 있었다. 내일 정기 연습은 쉬기로 했기에 다음 주에나 모이게 될 터였다. 학교에서 뒷정리할 때도 분위기는 마찬가지였다. 나는 이대로 돌려보낼 수 없어 제안했다.

"연습실에서 잠깐 모이자. 아이스크림 쏠게."

"안 그래도 돼요. 그럴 기분 아니니까."

주원이 가장 먼저 거절했다. 다른 아이들도 별로 내키지 않는 얼굴이었다. 결국엔 형식적인 인사만 나누고 썰렁한 분위기로 해산했다. 아이들 뒷모습이 눈에 밟혔다. 교장에게 뭐라고 말해야 할지도 난감했다.

아니나 다를까, 하루 지난 금요일 저녁에 톡이 올라왔다.

💬 정현수 : 저 밴드 그만할게요. 그동안 감사했어요.
정현수님이 나갔습니다.
💬 강주원 : 뭐야.
💬 이경식 : ???

기습 같은 탈퇴에 아이들 모두 당황한 눈치였다. 아민을 제외한 모두가 이 일로 떠들기 시작했다. 나는 섣불리 대화에 끼어들 수 없었다. 밴드를 나가겠다는 아이가 또 있을지 모르니까. 그만큼 분위기는 나락이었다.

💬 이경식 : 어제 무슨 일 있었던 거예요? 왜 아무도 말 안 해 줘요?

아이들은 조용히 대화를 중단했다. 경식이 놀란 얼굴, 우는 얼굴 이모티콘을 올려 그나마 단톡방 분위기가 가벼워지고 있었다. 나는 계속 보고 있기 괴로워 휴대폰을 놓아둔 채 오피스텔 옥상으로 올라갔다. 3층에서 8층까지 일부러 계단으로 올랐다. 옥상 문을 열자마자 차가운 밤공기가 목덜미를 훑었다. 가까운 난간 대신에 옥상을 가로질러 반대편으로 걸어갔다. 담 너머 빼곡한 아파트 불빛이 알알이 박혀 있었다. 담배를 피운다면 한 대 물고 싶은 심정이었다.

"후우……."

수찬도 나갔고, 현수도 나갔다. 이상하게 베이스를 잡은 아이들은 금세 탈퇴한다. 이쯤이면 저주가 아닌가 싶다. 키보디스트마저 없어 낮은 음역을 커버할 수도 없다. 열심히 해도 밴드의 구멍은 커지기만 한다. 교사가 되면서 가장 보람으로 삼은 게 밴드 지도였다. 좌절당했던 뮤지션의 열정을 아이들을 통해 이루고자 했다. 하지만 이젠 이끌고 가기가 너무 힘겹다. 이런 상태로 어떻게 시 축제에 참가한단 말인가. 이기적인 교장은 공연 불참을 허락하지도 않는다.

힘들 때마다 옥상에 올라오곤 했다. 억에 가까운 빚 때문에, 장차 보살펴야 할 동생 때문에, 그 와중에 임박한 군 입대 때문에 올라와 머리를 식혔다. 경치를 내려보면 잠시 잊을 수 있었다. 하지만 난 이제, 저쪽 난간에는 가지 못한다. 이쪽에 우두커니 있을 뿐이다. 가슴이 찌릿해서 도저히 갈 수 없다.

지유 모녀와 나는 같은 오피스텔이었고, 지유는 바로 저기서 몸을 던졌다.

지유는 내게 많이 다가왔었다. 음악의 꿈이 좌절된 것, 아빠가 돌아가시고 없는 것, 가정 형편 어려운 것, 심지어 오피스텔에 사는 것까지 똑같다며 신기해했다. 그리고 지유의 그 신기해함은 점차 과도한 의미 부여로 변해 갔다. 모르는 척했지만, 피아노를 가르치는 게 점점 부담이 되었다. 어느 날은 지유가 콩쿠르를 망쳤다며 내 품에 달려들어 펑펑 울었다. 그때 나는 진심으로 위로하기보다 이걸 누가 보면 큰일 날 텐데, 이 생각만 했다. 섬세한 지유는 그런 기색을 알아차리고 미안하다며 사과했다. 하지만 지유는 그 뒤로도 나를 대하는 분위기가 널을 뛰었다.

그런 지유가 1학년을 마칠 무렵, 나는 지유에게 밴드 탈퇴를 권했다. 표면적으로는 피아노 건반 감각에 키보드가 방해된다는 이유였다. 지유는 겨우 잡은 삶의 희망을 왜 빼앗느냐며 도리어 화를 냈다. 그리고 일대일 피아노 수업을 스스로 그만두었다. 밴드에만 집중하겠다는 다짐이었다.

어색한 기류가 조금 흐르긴 했지만, 지유가 올해는 조용히 지낸 것으로 기억한다. 나는 지유가 마음의 안정을 찾았거니 생각했다. 7월 수국제 공연도 멋지게 소화했다. 그런데 축제가 끝난 지 며칠 되지 않아 지유가 나더러 이곳에서 따로 만나자고 했다.

오랜만에 독대한 지유는 예전의 어느 날과 같은 눈빛이었다.

"선생님, 군대 가신다면서요?"

"어. 올해 안에 입대해야 해."

"제대하면 내후년이겠네요."

"그렇지. 왜?"

나는 대답하자마자 뜨끔했다. 지유가 무슨 말을 할지 알아챈 까닭이었다. 지유는 자신이 그때 스무 살이라고 말했다. 나는 거기까지 듣고서 그러지 말라고 만류했다. 지유는 고개를 푹 숙였다. 그리고 말없이 돌아갔다.

여름방학이 시작되었고, 열대야가 기승을 부리던 8월 3일이었다. 그날 나는 무척 심란했다. 2년 동안 투자를 거듭했다가 그간 대출한 돈을 거의 날리고 어떤 코인에 사활을 건 것이다. 이번이 마지막이다. 수익이 나면 주식과 코인을 접겠다. 하지만 또 잃으면 죽을 것이다. 이런 생각으로 며칠째 현황만 들여다보았다.

그런데 그날, 그것마저 폭락해 버렸다.

천장이 노랗다 못해 검어 보였다. 어떻게 나에게 이런 일이 일어날 수 있단 말인가. 물질이라는 건 어찌 이리도 야속하단 말인가. 돈이 생기면 장애가 심한 동생을 더 보살필 수 있는데. 엄마의 무거운 짐을 덜어 줄 수 있는데.

이젠 희망이 없다.

나는 옥상에서 엄마에게 마지막 문자를 남길 생각으로 계단을 올랐다. 8층까지 오르는 길은 마치 번뇌의 108 계단 같았다. 교사가 되기까지 치열한 삶이 주마등처럼 스쳐 갔다. 이만하면 많이 참고 견뎠다. 수고했다 황성진. 요행을 바라다 결국 이리됐구나. 시간을 돌릴 수 있다면 엘리베이터가 아니라 이렇게 계단을 한 걸음씩 오르는 기분으로 살고 싶다.

끼익.

옥상 문을 여니 별이 가득했다. 죽기 좋은 밤이라 생각했다. 주변 풍경 없이 오직 까만 하늘. 나를 받아 줄 하늘.

그런데…… 다가간 곳에 사람이 있었다. 그것도 난간에 걸터앉은 채로. 아까부터 나만 바라보고 있었다. 마치 기다린 것처럼.

"오셨네요."

다름 아닌 지유였다.

"너 거기서 뭐해?"

몸에 조금만 힘을 줘도 위험해질 상황이었다. 방금까지의 괴로움은 온데간데없이 지유에게 온 신경이 쏠렸다. 나는 가까이 다가갔다.

"오지 마요."

나는 걸음을 멈출 수밖에 없었다.

"왜 이러고 있어?"

"저요. 요 며칠 기도했어요. 뭐라도 하나 해결해 달라고요. 방학이 되면 편해질 줄 알았는데 아니더라고요. 제가 할 수 있는 게 아무것도 없어요. 생각해 보면 내 맘대로 된 건 하나도 없었어요. 그래서 여기 앉아 기도했어요. 응답이 있을 때까지."

"……."

"그런데 선생님이 오셨네요."

지유가 미소를 지었다. 어두워 잘 보이진 않지만 눈가가 젖어 있을 것이다. 지유는 잘 우는 아이니까. 나는 어떻게든 지유를 진정시켜야 했다.

"내려와. 거기 있으면 위험해."

"선생님은 대단해요."

"뭐가?"

"안 힘드세요? 우리 많은 얘기 나눴잖아요. 선생님이야말로 선생님 된 것 빼고는 다 힘들어 보이던데. 어떻게 티를 하나도 안 내고 살아요?"

"……."

"둔해서 그런가?"

이미 교사에게 구사하는 말투가 아니었다. 지금은 예의를 따질 때가 아니다. 나는 오로지 지유의 안전만을 생각해야 했다. 다시 조심스레 다가갔다.

"지유야."

"선생님."

지유가 동시에 말했다. 내가 입을 다물자, 지유는 담담히 말했다.

"우리, 서로 위로가 되어 주면 안 될까요?"

"……."

"그게 그렇게 어려워요?"

"……."

"왜 말이 없어요?"

"내려와, 얼른."

겨우 건넨 대답에 지유가 웃었다. 나를 떠보려고 지유가 이러는 것이라 생각했다. 지유는 난간 안쪽을 잡았다. 이제 내려오려는 모양이었다.

"끝까지 거짓말을 못 하네."

"……."

"참 한결같다. 솔직하고."

그러면서 지유가 다시 웃었다. 이번에는 어딘가 젖어 있는, 자학적인 웃음이었다. 갑자기 난간 위로 지유의 몸이 우뚝 섰다.

공포 따위 없는 몸짓이었다.

"왜 그래!"

"고마워요. 선생님."

"지유야!"

"내 인생에 희망이 없는 걸 일찍 알게 해 줘서."

그리고 사라졌다. 보고도 믿을 수 없는 광경이었다. 나는 얼어붙은 채로 꼼짝할 수 없었다. 나의 오감이 잘못된 것 같았다. 밑을 내려보려는 찰나, 아래쪽에서 사람의 비명이 울렸다. 눈앞이 캄캄해졌다. 제법 번화가이기에 사람이 금방 몰려올 것이다. 이 상황을 신고해야 하는데, 교사가 학생의 투신을 말렸는데도 이렇게 되었다는 걸 어떻게 설명한단 말인가. 난간에 고개를 내밀 수조차 없었다. 내가 여기 있는 사실이 밝혀지면, 나는 가장 유력한 용의자가 된다. 아래쪽 사람들의 목소리가 점점 커졌다. 나는 곧장 계단으로 뛰어 집으로 내려왔다. 그리고 방에 들어와 혼자 덜덜 떨었다. 신고는 다른 목격자들이 할 것이다. 지유는 혼자 그런 것이다, 라고 애써 되뇌었다. 그날 밤에 나는 한숨도 잘 수 없었다.

시체 감식과 오피스텔 입구 CCTV까지 확인한 결과, 타살 흔적이 없어서 자살로 종결되었다는 소식이 들린 뒤부터 나는 비로소 음식을 먹을 수 있었다. 안심하는 내가 한심했다. 지유가 생전에 웃던 얼굴과, 내게 수다 떨던 모습이 떠올라 눈물이 났다. 지유 앞에서는 한 번도 보여 주지 못한 눈물이었다. 그렇게 두 달이 흘렀고, 지금에 이르렀다.

나는…… 정말로 저열한 인간이다.

2부

드러머 고영훈

"엄마, 방에 있던 거 못 봤어?"

"뭔데."

"드럼 교본."

엄마는 드라마를 보느라 대답이 건성이었다.

나는 다시 방을 이 잡듯이 뒤졌다. 매일 끼고 살던 교본을 오늘만 두고 나갔는데, 아무리 찾아도 없다. 이상하다. 낮에 사물함에 두고 왔나? 거기도 분명 찾아 봤는데. 유튜브를 통해서 배워도 되지만, 교본엔 이론 지식이 많아 도움 될 때가 분명 있다.

오늘 석식 시간에 혼자 연습할 때도 교본이 없어 답답했다. 아무리 찾아보아도 없다는 건 분명 이상한 일이다.

엄마가 뒤늦게 내 방에 들어왔다.

"아빠가 그랬어."

"어?"

"치웠다고."

"……."

"너 밴드 활동 때문에 학교로 쫓아갈 기세던데."

무슨 영문인지 알게 되니 오히려 마음이 차분해졌다. 아빠가 밴드 활동을 반대하는 건 상수였으니 속상할 건 아니다. 원래 학교를 안방 드나들듯 했던 사람이라 쫓아오겠다는 말도 새삼 놀랄 일은 아니다. 드럼 교본은 10월 용돈을 받아서 새로 사면 될 것이다. 이번에는 더 잘 간수해야겠지만.

"난 또 뭐라고. 간식이나 줘."

대신 허기가 몰려왔다. 요즘 체중이 조금씩 불어나는 게 신경 쓰이지만, 드럼을 힘껏 치려면 이것도 괜찮겠다는 생각이다. 엄마는 에어프라이어에 넣어 두었던 피자 세 조각을 꺼내 주었다. 담백하면서 얇은 마르게리타피자. 이런 건 한 판을 먹어도 시원찮다. 나는 피자 조각을 접어 한입에 집어넣었다.

띠띠띠띠.

아빠가 온 모양이다. 나는 내색하지 않고 피자에 집중했다. 중문이 거세게 닫혔고, 거실을 가로질러 온 아빠가 내 앞에 우뚝 섰다.

"맛있니?"

"왜 먹는 걸 가지고 그래."

엄마가 가볍게 만류했다. 늘 그렇듯 아빠는 멈출 생각이 없었다.

"나는 네가 이해가 안 돼. 공부랑 사회 머리는 별개냐?"

"……."

"상황 파악 못 해? 밴드 관두라고 했잖아."

"왜요? 또."

여전히 앉아서 오물거리는 나를 아빠가 노려보았다.

"충경고등학교에 공연하러 갔다며! 오늘 학원생이 말해 주더라. 아민이라고 멤버 이름도 대던데. 사람들한테 네 얼굴 알려지면 어쩔 거야?"

아빠가 벌써 알고 있다는 사실에 뜨끔했다. 이 도시도 전에 살았던 용천처럼 한 다리 건너면 다 아는 것 같다.

"쥐 죽은 듯 지내라 했잖아. 사람이 말하면 듣자."

더 이상 피자 맛이 느껴지지 않았다. 나는 벌떡 일어섰다.

"죄지은 게 저예요?"

"……."

"죗값은 형만 치르면 되잖아요! 내가 왜 그런 형 때문에……"

짝.

날아든 건 따귀였다. 눈앞이 번쩍하며 어질한 감각이 찾아왔다. 정신 차려 보니 나를 때린 건 아빠가 아니라 엄마였다. 눈시울이 붉어진 채로.

"네 형이 뭔 잘못이야? 죄를 지은 건 네 형을 그렇게 만든 세상이지! 왜 순하고 공부밖에 모르던 애를 괴롭혀서 그렇게 만들어!"

마치 내가 가해자인 것처럼 말한다. 나는 대꾸했다.

"그건 아니지. 괴롭힘당한다고 다 살인해?"

"영훈아!"

"그냥 기준이라고 불러. 왜, 이건 형 이름이랑 비슷해서 창피해?"

"너 그러다 엄마 패겠다. 어?"

아빠가 나를 툭툭 밀쳤다. 아, 미치겠다. 이 꼬일 대로 꼬인 집안 분위기를 어찌해야 한담. 논리적이지 못한 이 상황이 너무나 환멸스럽다. 나는 할 수 없이 꼬리를 내렸다.

"미안. 내가 흥분했어."

더 흥분해 있는 건 엄마 아빠였지만, 지금은 시시비비를 가릴 분위기가 아니었다. 나는 아빠에게도 말했다.

"앞으로 공연할 때마다 모자 쓸게요. 그럼 누군지 못 알아봐요."

"그게 대책이라고 지껄여?"

"뭘 더 어떻게 해요?"

"밴드 당장 그만둬. 교장실 쫓아가기 전에."

"……."

"못 할 것 같지? 이번 주 안으로 그만둬."

이건 대화가 아니었다. 나는 우리 집이 조금은 배운 집안이라고 생각했다. 그런데 형 관련한 이야기만 나오면 으르렁대는 이 꼴이 너무나 우습다. 형의 안타까운 재판 결과와 지금 우리 가족이 살아야 하는 문제를 왜 분리해서 생각하지 못하는 걸까. 내년에 형이 출소하면 어떤 폭풍이 더 휘몰아칠까.

남은 피자는 싸늘하게 식어 있었다.

추석 연휴가 지났고, 충경고 공연 후로 첫 정기 연습을 맞이했다. 이달 말에 있을 성원시 축제에서 부를 노래를 고르는 중이었다. 충경고 공연의 여파 때문인지 얼굴에 모두 힘이 없었다.

일단 망쳤던 곡을 빼자는 의견이 나왔다. 의견을 낸 주원은 아직 뾰로통했다.

"진짜, 탈퇴하면 다야? 살다 살다 그런 트롤 짓은 처음 본다."

아민은 눈을 내리깔았고, 황성진 선생님도 침통한 표정이었다. 그날은 내가 봐도 정말 아찔했다. 주원이 그렇게 화난 모습도 처음 봤다. 그날 현장에 없었던 경식이 천진난만하게 지껄였다.

"어떻게 하면 공연하다 쉴드가 나가요? 칼춤이라도 쳤어요?"

웃기려고 한 말 같은데 아무도 웃지 않았다. 한 번쯤 주원이 웃어 주면 좋을 텐데. 선곡 회의가 지루하게 이어졌다. 내가 조심스레 의견을 냈다.

"아민이 만드는 곡이 있던데. 그거 이번에 발표해 보면 어때요?"

아민의 얼굴이 빨개졌다. 고맙다는 건지, 곤란하다는 건지 알 수 없는 표정이었다. 황성진 선생님이 거들었다.

"그래. 우리도 오리지널 곡 하나 있으면 좋지. 멜로디가 괜찮더라."

"뭐야, 무슨 곡인데?"

주원이 퉁명스레 물었다. 아직 주원은 모르고 있었나 보다. 그제야 아민이 황급히 가방에서 악보를 꺼내 주원에게 내밀었다.

"언니한테도 오늘 보여 주려고 했는데……. 아직 기타 라인이 없어요."

주원이 악보를 살필 때 경식도 끼어들었다. 악보만 봐서는 정확히 어떤 음정인지 모를 것이다. 둘은 한참을 들여다봤다. 주원이 기타로 멜로디를 연주해 보려던 그때, 경식이 흥얼거리기 시작했다. 잔잔한 목소리가 동아리실을 휘감았다.

"와, 정확한데."

아민이 감탄했다. 내가 듣기에도 그렇다. 경식은 손으로 브이를 그리며 후렴까지 불렀다. 선생님도 경식을 칭찬했다.

"평소 악보를 많이 봐야 가능한 건데. 제법이네."

"저는 아무리 봐도 안 돼요."

아민이 경식을 더욱 띄웠다. 경식은 오래간만에 주목을 받아 날아오를 기세였다. 숫제 벌떡 일어서서 말했다.

"우리 밴드가 다른 건 몰라도, 보컬은 미래까지 짱짱합니다."

"다른 건 몰라도?"

"앗, 실수…… 헤헤."

주원이 쏘아붙이자 경식이 도로 앉았다. 주원은 금세 무언가 떠오른 듯, 기타로 어떤 리듬을 연주했다. 퍽 감각적인 솜씨였다.

"음, 잘 어울리네."

선생님이 한마디로 정리했다. 살짝 어쿠스틱하면서도 엇박이 꽤 들어간 리프였다. 거기에 맞추어 경식이 조금 전 노래를 다시 흥얼거렸다. 나도 가만히 있을 수 없어 스틱으로 툭툭, 정박을 잡아 주었다. 우리 셋의 어설픈 협주를 아민과 선생님이 지켜보았다. 몇십 초의 시간이 순식간에 지나갔다.

"오! 느낌 대박!"

경식이 멋대로 자화자찬하면서 주원과 내게 하이 파이브를 청했다. 주원은 주먹을 갖다 대고, 내게도 내밀었다. 나는 무심결에 손을 뻗다가 주원의 손에 끼워진 반지 때문에 한 번 움찔했다.

"기타가 비어 있기에 즉흥적으로 넣어 본 거야. 아민이 생각이 중요하지."

"아녜요, 언니. 너무 좋은데요? 그렇지 않아도 언니한테 물어보려고 했어요. 이거 드럼은 영훈 오빠가, 베이스는 선생님이 라인 잡아 줬거든요."

"하, 그래?"

주원은 일부러 심드렁하게 말했지만, 뭔가 반가운 듯한 표정까지 감추진 못했다. 듣고 있던 선생님이 선곡을 정리했다.

"그럼 이렇게 하자. 첫 번째 곡은 수국제 때 하이라이트 곡이었던 〈부서진 햇살들〉, 두 번째는 충경고에서 잘 소화했던 〈잊어야 하는데〉, 마지막은 자작곡 〈Silent sky〉. 신나는 노래로 시작해서 오리지널 곡으로 마무리. 어때?"

"좋아요!"

경식이 또 혼자 대답했다. 주원도 고개를 끄덕이며 말했다.

"곡 빨리 완성해야겠네. 열일해라, 지아민."

선곡이 끝나자마자 쉬는 시간이 되었고, 잠시 화장실에 들렀다. 정기 연습 시간이 벌써 반이나 지나간 것이 아까울 정도였다. 시간이 빨라서 아깝다…… 공부할 때도 별로 느끼지 못한 감정이었다. 자연스레 손 씻는 속도가 빨라졌다.

복도를 걸어오는데, 계단참에 아민이 서 있었다. 휴대폰 화면을 빤히 바라본 채로. 아민은 내가 다가오자 황급히 휴대폰을 집어넣었다. 이럴 땐 못 본 척해야 하는데, 지금은 이상하게 묻고 싶었다.

"무슨 일이야?"

"아, 그게……."

아민이 나를 빤히 쳐다봤다. 괜히 물었나 싶었다. 그런데 아민이 오히려 물어보길 바랐던 것처럼 대답했다.

"소속사요. 밴드 활동한다고 태클 들어왔어요."

"회사에서 그런 것도 알아?"

"네. 지각 좀 했더니 사유서 쓰라 해서 적었는데……. 다른 핑계 댈 걸 그랬어요. 이달까지만 한다고 했는데도 소용없네요.

하하."

이달 말에 성원시 축제까지 노래 부르기로 한 아민. 사실 학교 축제만 서 달라고 부탁받았는데, 활동이 길어지고 있었다. 교장 선생님이 주최 측의 요청을 받아들여 시 축제의 '성원마당' 무대에 우리 밴드가 올라가는 것을 성사시킨 까닭이다(원래는 지역의 프로 아티스트들이 초빙되는 자리다). 아민에게 그 무대까지 서 달라고 부탁했단다. 거절할 수 있었을 텐데, 아민은 그러지 않았다. 그런데 이제는 소속사로부터 탈퇴를 종용당하고 있다.

"그래서. 지금 관둘 거야?"

"⋯⋯아니요."

"나도 그래. 집에서 밴드 그만두라고 매일 잔소리하거든."

아민이 나를 더욱 빤히 바라보았다.

"왠지 그럴 것 같았어요."

"왜?"

아민은 얼버무리듯 눈웃음을 지었다.

"⋯⋯그냥 느낌이죠. 그래서, 오빠 그만둘 거예요?"

"아니."

"잘됐네요. 우리 시 축제까지 잘해 봐요."

아민이 주먹을 내밀었다. 나는 작고 얇은 주먹에 내 뭉툭한 주먹을 갖다 대었다. 왠지 응원받는 기분이었다.

◂◂ ▶ ▸▸

남들은 주말이 빠르게 간다고 하지만, 나는 그렇지 않다. 집에 있는 것보다 학교에 있는 게 낫다. 연주에 관해 뭔가 떠오르면 바로 드럼을 쳐 봐야 하는데 주말엔 꼬박 기다려야 하니 죽을 맛이다. 그럴 땐 메모해 둘 수밖에 없다.

일요일 저녁인 지금도 그랬다. 문제집 풀던 도중에 곡의 빠른 구간을 효과적으로 소화할 방법이 떠올랐다. 내 생각이 맞는지 확인하고 싶지만, 지금은 드럼도 교본도 없었다. 책상과 볼펜을 드럼과 스틱으로 삼기엔 허전하다. 다시 공부로 전환하기가 쉽지 않았다. 그때 휴대폰이 진동했다. 밴드 단톡방이었다.

💬 **이경식 : 이래서 주원 누나 기타가 꺼졌구나. ㅋㅋㅋ 찾은 김에 공유합니다!**

다름 아닌 충경고등학교 공연 영상이었다. 누군가 몇 시간짜리 학교 축제 영상을 유튜브에 통째로 올렸는데, 거의 처음에 우리 밴드가 공연하는 모습이 담겨 있었다. 해상도가 낮아 얼굴까지 식별하긴 힘들었다. 정말로 첫 곡 1절이 끝날 무렵에 현수가 휘청하는 부분이 있었고, 그 뒤로 주원의 기타 소리가 끊겼다. 반복 재생해 보니 현수의 발에 뭔가 걸리는 듯했다. 하지만 멀리서 찍었기에 선명하지 않았다.

관련 영상을 보니 우리 공연만 따로 촬영한 것도 있었다. 게다가 더 가까운 구도라 멤버 전체의 얼굴까지 선명하게 드러났다. 제목을 보니 '지아타민, 충경고에 뜨다!'. 아무래도 아민의 팬이 올린 듯한데, 경식은 왜 이런 멀쩡한 영상을 두고 다른 걸 링크했는지 모르겠다.

여기서는 현수의 오른발에 앰프 줄이 걸리는 게 확실히 보였다. 정확히는 발끝에 걸렸고, 그걸 왼발이 밟아 비비는 바람에 주원의 쉴드가 빠져 버렸다. 현수의 스텝이 문제라기보다 운이 안 따른 상황이었다. 이제 이해되어 후련해졌다. 현수만 탓할 게 아니라 선 정리를 꼼꼼히 했어야 할 부분이었다.

영상의 조회 수가 꽤 되어 댓글도 수십 개 있었다. 대부분 아민에 관한 말이었다. 당황하지 않고 끝까지 잘 불렀다, 저 얼빠진 베이시스트 누구냐, 기타도 만만치 않다, 덤 앤 더머냐, 우리 아민 긴장시키지 마라, 멤버 교체해라 같은⋯⋯. 내 욕은 없나 걱정될 만큼 날 선 댓글이 많았다. 나는 끝까지 읽어 나갔다. 그런데,

뒤에 드럼 치는 애, 고기준 아님?

　└ 그러게. 쟤가 왜 저기 있지.

　└ 갑자기 사라졌었잖아. 얼척없네. ㅋㅋㅋ

　머리카락이 곤두서는 기분이었다. 분명 영훈이 아니라 '기준'
이라고 되어 있었다. 전에 살았던 용천에서 나를 알던 사람들인
게 확실했다. 어떻게 이 영상을 봤으며, 나를 단박에 알아보았
을까.

　추리를 가동해 보았다. 용천에도 분명 아민의 팬은 존재할 것
이다. 그런데 댓글에 대댓글까지 달린 걸 보면 그쪽 팬이 한둘이
아닌 듯하다. 용천은 성원시보다 작은 도시다. 거기에서 상대적
으로 많은 댓글이 달렸다는 건 뭔가 있다는 뜻이다. 아민이 용천
과 무슨 관련이 있나? 아니면 많이 방문했던 곳?

　나를 알아보는 사람이 많아지면, 형과 관련한 우리 가족의 실
체를 알고 욕하는 사람도 많아진다. 아빠가 용천에서 운영하던
학원이 그래서 망했다. 나도 손가락질받으며 학교를 다녀야 했
다. 그래서 여기 온 뒤로는 부모님 말에 최대한 고분고분 따랐
다. 밴드 활동을 하기 전까지는.

　내가 욕먹는 건 괜찮은데, 엄마 아빠가 직장을 잃어 좌절하는
모습은 다시 보고 싶지 않다. 댓글에 반박해 줄까 생각했지만,

여기서 티 내면 일을 더 그르칠 것 같아 관두었다. 나는 오래도록 진실의 댓글과 마주했다. 그곳의 먹구름이 여기까지 몰려오는 듯했다.

‹‹ ▶ ››

"영훈아 매점 가자. 내가 쏠게."

점심시간에 수찬이 모처럼 제안했다. 늘 그렇듯 흥이 넘치는 얼굴로. 나는 무작정 따라갔다. 우린 소떡소떡이랑 어묵과 음료수를 하나씩 들고 빈자리에 앉았다. 나는 떡을 뜯어 먹으며 물었다.

"웬일이냐?"

"웬일은 무슨. 넌 추석 때 용돈 안 받았냐?"

"……어."

"엥, 진짜?"

수찬은 이번에 백만 원쯤 받았다며 자랑했다. 이럴 때 친척 많은 게 부럽긴 하다. 우리 집도 물론 친척이 있지만, 왕래가 끊긴 지 몇 년 됐다. 정확히는 형의 사건이 있던 직후부터. 부모님에게 명절은 길게 쉬는 연휴일 뿐이라, 따로 용돈을 챙겨 줄 턱이 없었다. 나는 다른 화제로 돌렸다.

"충경고에서 공연한 영상 봤어?"

"아니."

"한번 봐 봐."

내가 휴대폰으로 영상을 찾자, 수찬이 선수 치듯 물었다.

"나한테 이걸 왜 보여 주는데?"

"그냥, 웃겨서."

"공연 망한 거랑 난 상관없다. 다시 들어오라고도 하지 마."

자신이 탈퇴한 것을 다분히 의식하는 말투였다. 나는 수찬이 가진 경계심을 풀어 줄 필요가 있었다.

"탓하는 거 아니야. 아무도 네 생각 안 해. 걱정 마."

"그래? 그건 섭섭한데."

뭐지, 이 종잡을 수 없는 녀석은. 나는 찾은 영상을 틀어 테이블 가운데에 놓았다. 어묵이 적당히 식어 맛있었다.

"킥킥킥, 대박."

문제의 장면에서 수찬이 웃음을 터뜨렸다. 나는 매점에 현수가 오지 않았나 괜히 한 번 살폈다. 그런 뒤에 말했다.

"얘 엄청 쪽팔렸는지 바로 탈퇴했어."

"하여간 뜬금없이 오버한다니까. 난 얘가 평소에 조용한 게 더 웃겨."

나는 적당히 말 상대를 해 주다가, 진짜로 할 얘기를 꺼냈다.

"이 영상에 이런 댓글이 달렸더라."

"……."

수찬도 내가 보여 준 댓글과 대댓글을 심각한 표정으로 읽었
다. 이 도시에서 내가 원래 '기준'이었다는 것을 아는 유일한 친
구다. 그래서 속마음을 털어놓을 사람도 이 녀석밖에 없었다. 수
찬의 표정이 다시 익살스럽게 바뀌었다.

"전부터 너희 형제 이름, 웃기다고 생각했어."

"왜?"

"고기준. 고기를 준 사람."

"야아."

"그 고기를 문 형, 고기문. 킥킥킥."

"안 그래도 전에 놀림 많이 받았어. 나한테 고기 달라는 녀석
들이…… 어우."

"이름 잘 바꿨다. 영훈이라는 이름은 개성도 없고, 놀릴 거리
도 없어. 정말 숨기 딱 좋은 이름이지."

나는 수찬의 목소리가 또랑또랑한 것이 신경 쓰였다. 여기엔
듣는 귀도 많은데. 내 마음을 간파한 듯 수찬이 물었다.

"그래서, 댓글 보니 쫄려?"

"……아니."

"이 새끼 겁먹었구먼."

"그냥 신경 쓰이는 정도."

"그걸 겁먹었다고 하는 거야."

수찬이 내 말 따위 가볍게 뭉개고는 탄산음료를 쭉 들이켰다. 그러고는 개운한 목소리 그대로 말했다.

"하던 대로 해. 마음 가는 대로. 밴드 시작할 때 다 각오한 거 아니었어?"

"그랬지."

"난 지금까지 네가 욕먹을 짓 하는 거 한 번도 못 봤다. 네가 고기문의 동생이란 이유로 욕하는 사람이 있다면, 그건 그 사람이 별로인 거야."

"……."

"모두가 그러면 세상이 웃긴 거고."

답답한 속이 조금은 풀어지는 느낌이었다. 수찬은 언제나 신기할 만큼 명쾌하다. 세상 사람들이 얘처럼 편견이 없다면 얼마나 좋을까. 보통은 이런 애가 별종 취급을 받는다. 내가 살인자의 동생이라 밝혔어도 전혀 개의치 않았던 수찬. 제멋대로인 게 감당 안 되지만, 멋진 녀석이다.

집의 간식보다 매점에서 얻어먹는 싸구려 음식이 훨씬 맛있었다.

드디어 오리지널 곡이 완성되었다.

아민이 우리 의견을 물어 만들었다는 곡이 손에 들리는 순간은 각별했다. 선생님이 프로그램으로 깔끔히 인쇄해 마치 시중에 파는 악보 같았다. 멜로디, 기타, 베이스, 드럼 외에 키보드도 들어가 있었다. 지금 우리 밴드엔 키보드가 없는데.

나는 석식 시간을 이용해 연습에 몰두했다. 새 곡 〈Silent sky〉는 내가 드럼 부분을 구상했기에 곡에 대한 추가적인 이해가 필요 없을 정도였다. 이어폰을 끼고 아민이 올린 멜로디 파일을 재생하며 드럼을 맞춰 보았다. 내가 직접 써넣은 비트는 난도가 높지 않았다. 다른 파트는 어떨지 궁금하다.

금요일 모임까지 곡을 숙지해 둘 생각이다. 어쩌면 보완할 점도 발견할지 모른다. 같이 구상한 노래니 공연 전까지 수정도 자유롭다. 우리들의 곡을 연습하는 느낌은 새로웠다. 시간 가는 줄 모르고 반복했다. 저녁 먹을 시간을 또 놓칠 만큼.

그런데 다음 날 먹구름이 찾아왔다. 수업을 듣고 있는데 담임이 나를 부른 것이다. 나는 영문도 모른 채 교무실로 끌려갔다. 정리가 안 되어 어지러운 담임 교탁에는 상담일지가 놓여 있었다. 담임은 전보다 훨씬 어두운 표정이었다.

"아까 네 아버지 다녀가셨다."

"……."

"그러니까, 내가 밴드 말고 교과 동아리 하라고 했잖아."

말을 들어 보니 아빠가 해박한 입시 지식으로 담임의 기를 눌러놓고 간 듯했다. 담임이 얼마나 쩔쩔맸을지 안 봐도 뻔했다. 자신이 '고기문의 아빠'라는 걸 상대방이 모를 때, 아빠는 위풍당당하다. 담임은 하수인이라도 된 듯 나를 설득했다.

"이제 조금 있으면 고3이야. 언제까지 취미 놀음 할 거냐."

"이것도 엄연히 동아리인데요."

"맞아. 그런데, 그게 네 진학에 도움이 안 된다니까. 나중에 학종에 뭐라고 쓸래. 밴드 활동으로 협동 정신과 감수성을 길렀다. 이거밖에 더 있어? 너 의대 간다며. 그러면 거기에 맞는 활동을 해야지. 대학에서 뭐라고 생각하겠냐."

"그럼 딴 것도 추가로 가입할게요."

"네 아버지는, 밴드를 무조건 그만두게 하라셨다."

"……."

"나도 이해 안 되지만 부모님이 그러시는데 어떡하냐. 집에서 대화 안 해 봤어?"

왜 이 문제를 자기한테까지 가져왔느냐는 원망이 담겨 있었다. 나는 평소에 느낀 대로 대답했다.

"없어요. 늘 일방적으로 강요하셨으니까요."

담임은 어이없다는 표정이었다. 자신이 중간에 끼기가 난처하다는 것을 간파했을 것이다. 나는 생명과학 동아리 가입 신청서를 쓰는 걸로 최소한의 예의를 차려 주었다. 이쯤은 감수할 수 있었다.

문제는 그날 밤이었다. 방에서 공부하고 있는데, 아빠가 문을 벌컥 열고 들어왔다.

"오늘 담임하고 상담 했어, 안 했어?"

"했어요."

"그래서?"

"과학 동아리 가입하기로 했어요."

"밴드는?"

"……."

"밴드는!"

"올해까지만 할게요."

"올해? 내가 분명 지난주까지라고 했었다."

하나에 꽂히면 집요하게 물고 늘어지는 게 아빠다웠다. 내가 침묵으로 일관하자, 아빠는 날 한참 쳐다봤다. 나는 문제집만 쳐다보았다. 기 싸움은 한동안 계속되었고, 아빠는 한숨을 쉬었다. 그러곤 얼어붙을 듯한 목소리로 직격탄을 날렸다.

"끝까지 고집부린다 이거지. 네가 우리 집 망해 봐야 정신 차리려나?"

"……."

"그럼 이렇게 하자. 밴드 그만둘 때까지, 용돈 일절 없어. 학교도 걸어 다니도록. 휴대폰도 정지시킬 거야. 어차피 망할 거, 미리 겪는다 생각해."

극단적인 미래를 정해 놓고 말도 안 되는 억지를 부리는 아빠였다. 솔직히 학교에 걸어가거나 휴대폰이 정지되는 건 상관없다. 그런데 용돈이 끊기는 것은 곤란했다. 주원이 떠올랐기 때문이다. 내 표정을 본 아빠가 그제야 승기를 거머쥔 듯 말했다.

"이번 달부터 용돈 없다. 곧 10월 것 주려고 했는데 잘됐네."

아빠는 내 속을 뒤집고 나서야 유유히 사라졌다.

◀◀ ▶ ▶▶

무거운 마음으로 정기 연습을 맞이했다. 성원시 축제까지 3주 남았다. 멤버 모두 오리지널 곡 이야기로 떠들썩했다. 자기 파트를 미리 연습해 본 건 나뿐만이 아닌 듯했다. 협주를 몇 번 해 본 뒤에 수정 의견이 활발히 오갔다.

"나 여기, 좀 더 단순하게 갈래. 별로 튀지도 않는데, 괜히 기교 부리는 것 같아."

주원이 기타로 그 부분을 바꾸어 연주하자, 황성진 선생님이 빠르게 받아 적었다. 나도 이어서 의견을 말했다.

"초반에 제 연주가 거의 없다시피 했는데, 아까 보니 분위기가 좀 처지더라고요. 그래서 베이스 드럼이랑 라이드 심벌을 이렇게 넣어 보려고요."

선생님은 이것도 받아 적었다. 우리는 수정된 방식으로 두어 번 협주를 해 보았다. 동아리실이 소리로 꽉 채워졌다. 끝까지 들어 본 경식이 손뼉을 쳤다.

"뭔가 궁합이 좋아진 느낌이에요! 들어갈 거 들어가고, 빠질 건 빠진 듯한?"

첫 연습치고는 다들 만족스러워했다. 다른 두 곡은 이미 많이 맞춰 봤으니 앞으로 오리지널 곡 위주로 연습할 공산이 컸다. 동아리 시간이 다 되어 정리할 때쯤 황성진 선생님이 수줍게 입을 열었다.

"저기, 할 말이 있다."

"뭐요?"

선생님은 멋쩍은 듯 헛기침을 했다.

"우리 밴드 베이시스트 자리가 비었잖아. 아무리 모집해도 채워지지 않고. 그래서 이번 시 축제 공연만 내가 베이스 맡기로 했어."

"와, 쌤! 드디어 실력 발휘하는 거예요?"

경식이 큰 목소리로 호들갑 떨었다.

"주최 측에 확인했더니 아무 상관없대. 교장 선생님 의견이기도 하고. 이번 공연은 멤버로 잘 부탁한다."

"잘 됐어요. 큰 고민거리였는데."

"쌤, 그날 학생처럼 꾸며요. 가능할걸요."

아민과 주원도 한마디씩 하며 선생님의 임시 활동을 반겼다.

구색을 갖추려고 선생님이 반 억지로 합류하는 것이지만, 그만큼 든든하기도 했다. 난 아직 이 사람의 음악적 한계를 못 봤으니까. 어떤 악기든 잘 소화할 것 같은 사람. 선생님의 베이스라면 함께 리듬을 잡아야 하는 나도 믿고 따라갈 수 있을 것이다. 멤버들은 서로 인사를 나누고 헤어졌다.

나는 여느 때와 다름없이 선생님에게 열쇠를 받고 혼자 남았다. 고요해진 동아리실은 아까의 열기를 꼭꼭 숨긴 듯 적막했다. 다시 마음이 무거워졌다. 조금 있으면 나타날 것이기 때문이다. 나는 혼자 있다는 신호를 보내듯이 드럼으로 짧은 리듬을 툭툭 쳤다. 아니나 다를까, 잠시 후에 문이 드르륵 열렸다.

"영훈아!"

고개를 쑥 내민 건 주원이었다. 10월 첫째 주. 분명 돈이 떨어졌을 것이다. 나는 어려운 얘기를 꺼내야만 했다. 일단은 가만히 앉아 주원을 바라봤다. 주원은 평소와 다른 공기를 눈치챘는지 말끝을 흐렸다.

"돈 좀…… 빌려줄 수 있으려나?"

문간에 있지 말고 안에 들어와 주면 좋을 텐데. 나는 주원과의 거리를 신경 쓰며 조심스럽게 말했다.

"나 이번 달부터 용돈 끊겼어."

"아, 그래?"

주원이 일그러진 미소를 지었다. 저런 표정을 처음 보기에 미안스러웠다. 마치 사과라도 해야 할 것처럼. 나는 주원이 내게 다가와서 어쩌다 그리됐느냐고 한 번쯤 물어봐 줬으면 했다. 하지만,

"알았어. 담에 봐!"

이 말만 남기고 문을 닫았다. 그리고 곧바로 누군가와 통화하며 복도를 걷는데 현겸 선배인 것 같았다. 동아리실엔 다시 긴 적막이 흩뿌려졌다.

몸을 꿈쩍하기도 싫었다. 주원이 속상해하지 않으면 다행이라 생각했는데, 아쉬운 기색도 없이 돌아서니 이게 뭔가 싶어서였다. 난 클릭하면 돈 주는 NPC, 그 이상도 이하도 아니었던

건가.

　연습할 의욕이 안 생긴다. 석식이나 먹으러 가야겠다.

기타리스트 강주원

거리에 물드는 단풍이 얄밉다.

비싼 돈 들여 염색한 내 머리와 색상이 비슷하지 않은가. 내 개성이 죽어 버리는 느낌이다. 저것들은 저리 쉽게 색을 바꾸는데, 나는 옷이든 머리든 바꾸려고만 하면 돈이 든다. 벌어도 벌어도 돈은 부족하고 써야 할 곳은 천지에 넘친다. 단풍이 도시 곳곳에 차오르는데, 내 지갑은 얇아진다. 원래 월급을 받기로 한 날이 18일, 지난 토요일이었지만 월요일인 지금도 입금되지 않고 있었다. 천 원 한 장이 아쉬운데 말이다.

없는 티를 내는 건 죽기보다 싫다. 친구한테 얻어먹기만 한다거나 데이트 비용을 남친에게 전가하거나 후줄근한 외투를 그냥 입는 것 따위의 엿 같은 상황. 그런 걸 나는 용납하지 못한다. 나도 내가 대책 없다는 걸 알고 있다. 스스로 벌어 모든 것을 해결하는 주제에 폼은 있는 대로 잡아야 하니. 그런데 이번 달은 유일한 믿을 구석인 영훈에게도 돈을 빌리지 못했다. 잘못하면 쫄쫄 굶게 생겼다.

기타 연습은 물론 잘되고 있다. 이번 주 토요일로 다가온 공연도 착착 준비하는 중이다. 최근엔 엄마에게 연락이 온 적도 없었다. 모두 순조로워 보이는데 내 속은 부글부글 끓는다. 어째 배도 조금 아픈 것 같다. 공원 가운데서 물을 뿜는 분수를 보니 위안이 된다. 적어도 이건 공짜다.

"주원아!"

현겸이 다가왔다. 수능이 20일쯤 남았다는 고3의 저 여유로운 걸음걸이를 보라. 어찌 된 게 나보다 느긋해 보인다. 나도 공부 따위 포기한 지 오래됐지만 말이다. 미용이든 패션 디자인이든 적성에 맞는 거 하나만 배워 두면 어떻게든 먹고살 테니 걱정 따위 안 한다. 세상은 어떻게든 다 살게 되어 있다.

"아이 씨, 왜 이렇게 늦었어."

"미안. 애들이 자꾸 붙잡아서. 저녁 뭐 먹고 싶어?"

오늘은 현겸이 사 줄 모양이다. 나는 망설임 없이 제안했다.

"떡볶이. 아주 매운 거!"

"……그래? 나 맵찔인 거 알지?"

"알지. 먹고 정신 번쩍 들라고."

현겸이 장난스럽게 내 머리를 때리려는 시늉을 했다. 맞아 주지도 않지만, 현겸이 먼저 익살맞게 웃고는 내 어깨에 손을 척 올렸다.

"그래. 가자!"

잠시 걸어서 매운 정도를 5단계로 나누어 파는 떡볶이집에 도착했다. 나는 가장 매운 걸 골랐는데, 현겸이 옆에서 칭얼거려 한 단계 낮췄다. 너무 매운 걸 시키면 자기는 먹을 게 계란밖에 없단다.

현겸이 정수기에서 물을 떠 와 건네주며 물었다.

"기분 안 좋은 일 있어? 너 그럴 때 매운 거 찾잖아."

"제법인데."

"내가 이래 봬도 강주원 박사지."

조금만 인정해 주면 저렇게 잘난 척을 하신다. 현겸은 그새 휴대폰을 꺼내 게임을 시작했다. 최근에 생긴 습관이다. 나는 그런 현겸을 빤히 바라보았다.

"나랑 있을 때 게임하지 말랬지."

"아아, 한 판만."

방금까지 친구들과 PC방에 있다가 왔으면서. 이런 것까지 잔소리하기에는 너무 구차해 그냥 넘겼다. 오늘 진짜 할 얘기는 따로 있으니까.

"그럼 내가 왜 기분 안 좋은지 맞혀 볼래?"

"……."

"너 강주원 박사라며."

"……어, 뭐?"

게임하느라 건성으로 반응한다. 이 새끼, 찬물을 확 끼얹어 버릴까 보다.

"내가 왜 기분 나쁜지 맞혀 보라고."

"글쎄, 우리 쿨여신이 기분 나쁠 만한 일이……."

"게임 끄고 내 눈 보고 얘기해라."

이를 악물고 말했다. 위압을 느낀 현겸이 날 흘끔 바라봤다. 욕까지 할 뻔했는데 점원이 떡볶이를 들고 오는 바람에 말을 멈췄다. 현겸도 그제야 분위기를 파악한 듯 휴대폰을 집어넣었다.

"왜 그래. 내가 잘못했어."

"너 잘못했다고 안 했는데?"

현겸은 멋쩍은 듯 통에서 포크를 꺼내 건네주었다. 일단 먹어야겠으므로 눈짓으로 잘 먹으라는 시늉을 하고 하나 집었다. 두

툼한 떡에 붉은 소스가 잔뜩 묻어 있었다. 현겸은 내 반응을 본 뒤에 먹으려는지 나만 쳐다보고 있었다.

"음, 맛있는데. 별로 안 매워."

현겸도 뒤늦게 하나를 찍어 입에 넣었다. 그러고는 한참 동안 오물거리더니, 이내 질식이라도 할 듯이 캑캑거렸다.

"아 씹……. 존나 매워. 물!"

쌤통이다. 일부러 안 매운 척 좀 했다. 나는 먹지 않은 내 물컵까지 건네주면서 현겸을 진정시켰다. 그리고 뚫어지게 쳐다보며 진짜 할 말을 꺼냈다.

"나, 두 달째 생리 안 해."

컥. 현겸은 내가 준 물을 마시다가 또 사레들렸다. 오늘따라 목구멍이 수난이다. 나는 보란 듯이 떡볶이를 집어 먹었다. 적당히 매콤하고 화끈거리는 맛일 뿐이었다. 기침이 잦아든 현겸이 내게 물었다.

"피임했잖아. 근데 왜?"

"나야 모르지. 그리고 백 프로가 어디 있냐."

"설마. 생리불순 같은 거 아니고?"

"고등학생 이후로 거른 적 없어. 매번 30일 주기 딱딱이었고."

"……."

그제야 현겸은 매워서가 아닌, 진짜로 심각한 표정이 되었다. 떡볶이는 오로지 나 혼자 먹고 있을 뿐이었다. 보다 못한 현겸이 말했다.

"넌 지금 그게 넘어가?"

"그치? 너한테 말하기 전까지 내가 얼마나 심란했는지 알겠지?"

"주원아. 병원 가 봐야 하는 거 아냐?"

"무조건 병원부터 가?"

"맞다. 그거 있잖아. 임신인가 확인해 보는 거."

"임테기."

"어, 그거. 편의점에 있던가? 오늘 당장 해 봐."

"은근 비싼데. 하나 가지곤 정확하지 않을 수도 있고. 사 줄 거야?"

돈 얘기 나온 뒤부터 현겸은 우물쭈물했다. 그저 얼굴이 하얗게 뜬 채로. 그동안 의기양양하던 모습이 온데간데없었다. 그래서 물어보았다.

"만약, 임신이면 어쩔 거야?"

"야. 그걸 말이라고 해? 우리가 어떻게 키워."

"못 키우면?"

"지워야지."

이 말을 꺼내기까지 현겸이 전혀 고민하지 않는다는 점에서 짜증이 났다. 누구 맘대로 내 몸에 대해 이래라저래라인가.

"수술 그거 몸에 되게 안 좋대. 내 몸 생각은 안 해?"

"그러니까, 널 생각해서 얘기하는 거잖아. 부모한테는 어떻게 말할 건데? 나중을 생각하면 떼는 게 맞지. 너도 사실 그게 맞다고 생각하잖아."

떡볶이가 식어 가고 있었다. 막상 얘기를 꺼내 보았더니 혼자 판단하고 혼자 정하는 현겸이 웃길 따름이었다. 나는 왠지 모를 반항심이 치솟았다.

"오빠."

"……응?"

내가 오빠라고 부르면 애교가 아니라 전투라는 것을 현겸은 알고 있다.

"난 부모랑 같이 안 살아서 상관없거든. 내가 낳고 싶다면 어떡할 건데?"

"하아."

현겸은 너무나 곤란하다는 듯이 한숨을 쉬었다. 대체 나한테 왜 그러냐. 이 말이 표정에 담겨 있었다. 그러고는 차분해지려 애쓰며 한마디 했다.

"임테기부터 해 보고, 결과 나오면 그때 얘기하자."

그 뒤로 현겸은 떡볶이를 입에 대지도 않았다. 편의점 출근 전까지 보통 당구나 볼링 같은 걸 한 판 하는데, 오늘은 흥이 깨진 탓에 여기서 끝냈다. 현겸은 똥 씹은 얼굴로 돌아갔다. 그 모습에 짜증이 더욱 증폭되었다.

◀◀ ▶ ▶▶

그런 날이 있다. 사소한 것부터 모든 게 하나씩 꼬이는 날. 오늘이 그날인가 보다. 조용히 물건 사고 꺼져 주면 좋겠는데, 오늘따라 신경을 긁는 '손놈'이 많다. 방금도 웬 아저씨 하나가 앞의 손님 두 명을 제치고 새치기를 했다. 맨 앞의 사람이 저기요, 따지려 하니까 이 아저씨가 담배 고르는 척하며 내게 말을 걸었다. 그런 꼴을 죽어도 못 보는 나는 일부러 뒤 손님에게 말했다.

"먼저 오신 분 계산해 드릴게요."

그랬더니 이 아저씨가 자기 계산 차례에서 돈을 테이블에 툭 던지는 게 아닌가. 분명히 손을 내밀었는데 말이다. 나도 일부러 잔돈을 테이블에 툭 놓았다. 그러자 아저씨가 고성을 지르며 호통치는데 귀청이 떨어지는 줄 알았다. 분명히 말하면 행패 부리는 '손놈'은 내 기준에서 절대 고객이 아니다. 다른 손님을 떨어지게 하는 존재일 뿐. 성질 같아선 맞서고 싶었지만, 참아야 했다.

시식대를 정리할 땐 더 환장하는 줄 알았다. 면발이나 부스러기 정도 흘려 둔 건 닦으면 되는데, 어떤 개념 없는 인간이 국물과 건더기가 가득한 사발을 일반 쓰레기에 그대로 투척하고 간 것이다. 다시 음식물만 분리해 버리는 건 온전히 내 몫이었다. 야외 테이블도 정리하러 가 봤더니 담배꽁초가 두 개 떨어져 있었다. 이걸 안 치우면 그 뒤로 사람들이 엄청 던지고 간다. 한두 개라고 무시했다가 큰코다친 적이 있다. 편의점 알바를 하면서 인간 본성의 밑바닥을 참 많이도 본다.

으슬으슬한 게 몸도 안 좋았다. 알바 시간은 아직 반도 지나지 않았다. 화장실에 얼른 다녀오려 했더니, 커플 한 쌍이 들어와 물건을 고르는 바람에 대기해야 했다. 그런데 이것들이 하나 샀다가 다시 찾으러 가고, 골랐다가 취소하고, 편의점을 전세 낸 듯이 누비는 거다. 20분 넘게 돌아다니다 계산한 건 결국 원 플러스 원 캔 커피 하나였다. 뒤통수를 한 대씩 때려 주고 싶었다.

화장실에 다녀와도 속이 불편했다. 계속 서 있으니 핑핑 돌면서 어지럽기도 했다. 사장에게 연락하고 쉬어야 하나 고민될 만큼. 하릴없이 휴대폰을 들여다봤다. 깨진 액정이 내 컨디션 같아 괜히 속 쓰렸다. 현겸에게 연락할까 하다가 아까의 똥 씹은 얼굴을 떠올리고는 관뒀다. 그때, 갑자기 휴대폰이 울렸다.

>>> 송정연 <<<

거의 한 달 만에 걸려 온 전화였다. 나는 그걸 물끄러미 바라보았다. 지난번에 대판 쏘아붙이고 끊었는데 또 무슨 배짱인가. 정말 뻔뻔함의 극치다.

그런데 지금은 이 전화가 왠지 내 마음을 두드리는 것 같았다. 아무래도 지금의 내 상황 때문인 듯하다. 몸도 안 좋고, 생활비도 똑 떨어진 신세. 받아서 어리광을 부리고 싶은 유혹이 잠깐 들었다. 젠장, 약해졌구나 강주원. 나는 일부러 전화를 더 무시해 버렸다. 굶어 죽어도 이 인간한테는 손 안 벌린다. 이럴 때 의존하는 것이야말로 꼴사나운 일 아닌가. 전화는 두 번 걸려 오지 않았다.

진상 커플 이후로는 손님이 뜸해져 잠깐씩 앉을 수 있었다. 휴대폰을 다시 보니 밴드 단톡방에 공지가 하나 올라와 있었다.

● 성진쌤 : 공연 5일 남았다. 내일부터 매일 저녁 7시에 모여 연습하자. 평소에 야자 안 하던 사람도 시간 내 주면 고맙겠어.

밑에 답글도 두 개 달려 있었다. 경식의 요란한 이모티콘이 달린 응답과, 영훈의 짧은 대답 한 글자. 아민은 소속사에 출근 중이라 톡을 못 봤을 것이다. 항상 답이 늦는 애였다. 결국 나만 답장을 달면 되는데, 망설여질 수밖에 없었다. 모레까지는 편의점 저녁 알바가 있다. 8시까지 출근이니 조금 연습하다 와도 되지만, 제대로 될 턱이 없었다. 결국 휴대폰을 치웠다. 어차피 아민도 못 오니 괜찮겠지 뭐.

한가해지면 판매대를 한 번씩 둘러보기도 한다. 여성용품 코너를 살피다가 임신테스트기에 시선이 머물렀다. 낮에 현겸이 보인 태도가 다시 떠올랐다. 나쁜 새끼, 내 걱정을 하는 게 아니라 상황을 모면할 생각부터 하다니. 나는 잠시 고민하다가 테스트기를 하나 집어와 직접 결제했다. 그리고 가방에 넣어 두었다.

[부재중 전화 3통]

아침 여섯 시쯤에 눈을 떠 보니 밤사이 전화가 많이도 와 있었다. 무음으로 하고 잤기에 알 턱이 없다. 살펴보니 모두 엄마였다. 한 달 가까이 연락이 없다가 갑자기 폭풍 전화질이라니. 뭔가 느낌이 이상했다. 마침 읽지 않은 톡도 여럿 있기에 확인해 보았다. 그중에 엄마 것도 있었다.

💬 송정연 : 주원아. 외할머니 위독하시다. 보면 연락해.

새벽 두 시쯤 온 톡이었다. 어젯밤에 전화한 게 이것 때문이었나? 뒤통수가 뜨끔하면서 손에 땀이 맺혔다. 그리고 톡이 아닌 문자 메시지로 엄마로부터 무언가 또 와 있었다. 나는 제발, 속으로 빌며 눌러 보았다.

외할머니 돌아가셨어... 빈소에 와라.

심장이 바닥에 떨어지는 기분이었다. 나를 거두어 주었던 외할머니. 그분이 밤사이 돌아가셨다고 한다. 내가 휴대폰을 무음으로 해 두고 자는 사이……. 겨우 문자로 이 사실을 확인하는 내가 한심스러웠다. 나는 곧장 엄마에게 통화 버튼을 눌렀다. 신호음은 길지 않았다.

"응, 주원아."

"어디야?"

"중문병원 장례식장. 양진 터미널 옆에 있어."

"갈게."

장소만 확인하고 끊었다. 병원은 익숙한 곳이었다. 작년 말부터 건강이 안 좋아진 외할머니가 자주 다니던 곳이었고, 몇 달

전부터는 아예 거기 입원했기 때문이다. 두어 번 병문안을 갔었다. 외할머니는 그때도 과자나 음료수 같은 걸 챙겨 줬었다. 지난번에도 대화를 나눴기에 갑작스레 돌아가실 거라곤 생각 못 했다.

학교는 못 갈 것이다. 담임 연락처로 외할머니의 부고 소식과 엄마 전화번호를 발송해 두었다. 그러고 입을 것을 찾아 보았다. 검정 계열의 격식 있는 옷을 입으려 했는데, 내가 가진 옷 중엔 그런 게 없었다. 할 수 없이 진청색 면티에 검정 캐주얼 점퍼를 걸쳤다.

나가기 전에 침대 옆에 놓인 어쿠스틱 기타를 보았다. 낡은 기타도 날 바라보는 듯했다. 저걸 만지면 눈물이 왈칵 쏟아질 것이다. 그래서 그냥 나왔다.

해가 뜨지 않아 어두컴컴한 아침이었다. 병원까지는 시내버스 20분, 시외버스 한 시간이 걸렸다. 가는 내내 외할머니의 생전 모습을 떠올렸다.

"야, 너 주원이냐?"

병원에 도착했더니 주차장 옆에서 담배 피우던 큰외삼촌이 날 먼저 알아보았다. 최근까지 외할머니를 모셨던 분이다. 나는 깍듯이 인사했다.

"왜 엄마랑 같이 안 왔어?"

내게 따라붙으며 말을 건다. 알면서 묻기는. 부모와 의절하고 산 지 4년째라는 걸 친척들은 대부분 안다. 나는 여기서 슬픔을 삼키는 동시에 손가락질도 견뎌야 한다. 감당하기 힘들면 다시 돌아갈 것이다.

지하 계단으로 내려가자마자 화환 근처에 서 있는 여자와 맞닥뜨렸다. 나이보다 젊어 보이는 외모에 큰 키, 리본 달린 검은 정장을 차려입은 사람.

바로 엄마였다.

나를 보며 웃은 것 같은데, 일부러 외면하고 빈소에 들어왔다. 여기 와서 외할머니 영정보다 저 인간 얼굴부터 보다니. 벌써 기분 잡치려 한다.

"아이고, 주원이 왔네."

빈소에 앉아 있던 이모와 둘째 외삼촌이 벌떡 일어났다. 이분들도 중학생 이후로 처음 보는데, 그새 많이 늙었다. 막내인 엄마만 나이를 안 먹은 것 같다. 두 어른은 장례 치른다기보다 명절에 모인 것처럼 나른해 보였다.

"할머니한테 절부터 하고 상복 입어라."

나는 외할머니의 영정 앞에 섰다. 따로 찍은 게 없어, 일하러 갈 것 같은 자세에 힘없는 얼굴로 찍힌 모습이 외할머니의 마지막 사진이었다. 나한테 용돈을 건네며 굶고 다니지 말라고 타이를 때 짓던 표정이었다. 집에서부터 참았던 눈물이 결국 터지고 말았다. 나는 한동안 절을 할 수 없었다.

"쯧쯧, 같이 살았던 정 때문인 게지."

"머리는 왜 저렇게 물들였냐?"

품평하듯 던진 말을 뒤로 하고 뒤늦은 절을 두 번 올렸다. 그러고 다시 외할머니 영정 사진 앞으로 다가갔다.

'할머니…… 할머니 아니었으면 저 여기 안 왔어요. 좋은 곳 가세요.'

상복을 입은 다음부터는 식당 일을 거들었다. 가만히 앉아 있으니 왕래가 뜸했던 어른들이 자꾸 말을 거는 까닭이다. 아직 상조회 사람들이 오지 않아 눈치껏 바쁘게 움직일 수 있었다. 구석에 앉아 있는 엄마와 마주치지 않아도 됐다.

어른들이 '호상'이라는 말을 많이 했다. 복을 누리고 가셨다는 뜻인데, 외할머니가 여든 넘도록 건강히 지내다 짧게 앓고 돌아가셔서 그렇단다. 내 기억에 외할머니는 20년 전에 외할아버지를 먼저 떠나보내고 죽 혼자였다. 내가 옆에 있을 때조차 외로워 보였고, 가난에 찌들어 있었다. 대체 누구 기준으로 호상이라는 건가.

장례식 분위기는 어둡지 않았다. 이따금 친척이 말을 걸어오면 일부러 싹싹하게 인사하고 대답했다. 지금의 내가 멀쩡히 잘 살고 있다는 것을 보여 주기 위해서였다. 특히 엄마가 보고 있을 때는 더 그랬다. 일머리가 좋다며 5만 원짜리 지폐를 주는 어른도 있었는데, 최대한 좋은 티를 내지 않으면서 받았다.

오후가 되면서 조문객이 늘었지만, 할 일은 줄어들었다. 상조회 사람들이 알아서 했기 때문이다. 혼자 앉아서 휴대폰을 보는 시간이 늘었다.

하필 그때 엄마가 다가와 말했다.

"폰이 이게 뭐니."

액정이 깨져 볼품없어진 휴대폰을 지적한 것이었다. 당신 때문에 던져서 이렇게 된 거잖아. 옆에 앉은 친척들 앞에서 이렇게 내뱉을 수는 없었다. 이목이 쏠렸기에 무시할 수도 없는 상황이다. 다들 내가 어떻게 반응할지 궁금해하는 눈치였다. 노리고 다가왔다면 정말 영악한 거다. 나는 이 상황을 모면하는 동시에 엄마를 골탕 먹일 방법을 생각했다. 그리고 말했다.

"하나 사 줄래?"

뻔뻔하게 물었는데, 엄마는 의외로 알았다며 지금 바로 바꾸러 가자는 말을 했다. 처음부터 그럴 생각이었던 건가. 그렇다면 골탕 먹일 다른 방법이 또 있었다. 나는 무표정하게 일어섰다. 계단을 올라 지상에 이르니 노란 은행잎 사이로 오후의 햇빛이 쏟아졌다. 서늘한 바람엔 먼지 냄새가 섞였다. 엄마가 앞서가며 말했다.

"오느라 고생했어."

"엄마 때문에 온 거 아니야."

"네 외할머니가 꾸지람 많이 하셨어. 널 이렇게 만들었다고."

"내가 뭐 어때서."

계속 쏘아붙이자 엄마가 더는 말을 걸지 않았다. 조용히 걸으니 좀 낫다. 사거리 횡단보도를 건너자마자 제법 큰 휴대폰 가게가 보이기에 들어갔다. 어떻게 왔느냐는 점원의 물음에 엄마는 애가 폰이 이래서요, 하며 나를 가리켰다. 그냥 사 주면 되지 굳이 내 휴대폰 상태를 들먹일 건 뭐람.

난 일부러 애들 사이에 가장 인기 있는 외국 기업의 고급 모델을 집었다. 엄마가 벌써 골랐느냐며 다가와서는 가격을 살피는데, 꽤 놀란 눈치였다. 그 얼굴을 보니 통쾌했다. 이걸 구입하면 출혈이 클 테고, 안 사 주면 나는 그냥 나갈 거라 자존심이 꺾일 거다. 엄마는 고민하는 기색이 역력했다. 휴대폰과 나를 번갈아 봤다. 한참 뒤 엄마가 입을 열었다.

"주원아."

"왜."

"이거 사 줄 테니까, 앞으로 연락 좀 받아."

"그러려고 수작 부린 거야?"

"최소한 문자 답장이라도. 오늘 외할머니 같은 일 또 생기면 안 되잖아."

"......"

조용히 타이르는 말투였다. 문제는 엄마 말에 어폐가 없다는 사실이었다. 고분고분 받아들이면 자존심이 상하기에 일부러 조건을 걸었다.

"엄마도 앞으로 허락 없이 찾아오지 마. 그러면 또 집어던질 거야."

엄마는 가소롭다는 듯이 픽 웃었다. 그러고는 새로운 휴대폰을 점원 쪽으로 가져가며 푸념했다.

"한마디도 안 지는 건 여전하네."

하루가 지나 장례식은 지루한 일상이 되어 있었다. 어제는 할머니 영정을 보면서 몇 번 울었던 것 같은데, 둘째 날은 조문객이 더 많이 와 그럴 틈도 없었다. 허드렛일도 줄어 부의함 옆에 앉아 있거나 반찬 접시를 가끔 나르는 게 고작이었다. 슬슬 코앞에 다가온 공연이 신경 쓰였다. 연습을 통째로 빠지고 있으니 말이다.

가장 고역은 잠자는 일이었다. 친척들이 엄마와 같은 방에서 자라고 모텔을 잡아 주는데 한사코 거절했다. 엄마도 딱히 권하는 분위기는 아니었다. 그래서 빈소에 딸린 휴게 공간에서 혼자 잤다. 여기서 어떻게 자느냐고 이모가 혀를 끌끌 찼지만 휴대폰과 함께라면 견딜 만했다. 밤마다 여기 머무는 중이다.

며칠간 속이 부글부글 끓는 일이 있었다. 내가 이틀째 학교를 빠진 걸 알 텐데도 연락 한 번 주지 않은 현겸 때문이다. 일부러 장례 소식도 알리지 않았는데, 지금껏 안부조차 묻지 않는다니. 나는 이 인간의 머릿속이 궁금해졌다.

💬 **강주원 : 뭐해?**
....

몇 분이 지나도 안 읽음 표시가 사라지지 않고 있었다. 이 시간이면 자율학습도 PC방에 가 있을 시간도 아니다. 항상 휴대폰 게임을 끼고 사는 놈이 안 본다는 건 말이 안 된다. 나는 다시 한 번 보냈다.

💬 **강주원 : 씹냐?**
....
💬 **최현겸 : 공부 중이었어. 왜?**
....

이번엔 바로 답장이 왔다. 그런데 이유가 같잖았다. 공부라니. 지금까지 한 번도 제대로 하는 걸 본 적이 없는데. 이제 수능이 얼마 안 남았다고 유세 부리는 건가. 속이 더욱 부글부글 끓었다. 톡이 빠르게 오갔다.

● 강주원 : 내가 어떤지 안 궁금해?

● 최현겸 : 임테기 어떻게 됐어?

● 강주원 : 못 해 봤는데.

● 최현겸 : 왜?

● 강주원 : 외할머니 돌아가셔서 장례식 왔거든.

● 최현겸 : 그럼 하면 연락 줘.

만나서 면상을 후려갈기고 싶었다. 그동안 내게 꼬리를 살랑살랑 흔들던 그놈이 맞는 건가. 장례식장이라고 했는데 아무 반응이 없는 것도 괘씸한 일이었다. 그동안 외할머니 얘기를 얼마나 많이 해 주었는데.

● 강주원 : 너 지금 존나 맘에 안 들어.

● 최현겸 : 미안. 서운한 건 수능 끝나고 풀자.

● 강주원 : 언제부터 했다고 공부 지랄이야?

💬 **최현겸 : 지금 독서실이라 톡 오래 못 해.**

아…… 사람이 아니라 무슨 벽을 대하는 기분이다. 현겸은 확실히 나를 밀어내고 있었다. 그게 임신테스트기 결과가 안 나와 그러는 것이든, 공부에 방해되어 그러는 것이든 중요하지 않다. 전에 현겸은 아무리 중요한 일이 있어도 내 기분이 안 좋으면 하던 것을 다 제쳐 두었다. 지금은 나를 빨리 치워 버리고 싶을 뿐이었다. 나는 그런 현겸에게 정이 뚝 떨어졌다.

💬 **강주원 : 야. 아무래도 우린 여기까지인 것 같다.**

현겸은 그제야 왜 그러냐는 반응을 보였다. 나는 결코 현겸이 개운할 만한 엔딩을 만들어 주고 싶지 않았다. 그래서 이 말만 던지고 곧바로 차단했다.

💬 **강주원 : 수능 잘 봐. 연락 안 할 테니까 나중에 놀라지 말고.**

전화와 문자까지 모두 수신 차단을 걸었다. 나중에 교실이나 편의점에 찾아와서 행패 부리면 확 신고해 버릴 테다. 잘 가라, 이 나쁜 새꺄.

◀◀ ▶ ▶▶

외할머니의 발인은 다음 날 오전에 이루어졌다. 운구차를 타고 화장터로 이동하는 동안 상념으로 마음이 어지러웠다. 어제까지 왁자지껄하던 어른들도 지금은 조용했다. 엄마는 외할머니의 상여가 나가는 걸 본 순간부터 울기 시작했다. 아빠와 이혼할 때도 눈물을 보이지 않던 사람이었다.

화장터에서의 분위기는 더욱 침울했다. 커다란 상여가 한 줌의 재가 되어 나오는 과정은 허무할 만큼 신속하고 무미했다. 따끈따끈한 유골함을 건네받은 큰외삼촌도 그제야 울음을 터뜨렸다. 호상, 호상 하더니 모두 자기 위안이었나 보다. 납골당까지 가서 외할머니를 안치하고 돌아올 때쯤에야 분위기가 조금 돌아왔다.

차창만 바라보는 엄마에게 말을 걸어 보았다.

"아빠는 결국 안 왔네."

"연락도 안 했는걸."

역시 엄마다. 정 하나는 확실하게 뗀다. 아빠는 잘 살고 있을 것이다. 아빠야말로 나한테 먼저 정을 뗀 사람이니까. 이제 누구와 살든 새로운 자식을 낳든 관심 없다. 나중에 추한 모습으로 찾아오지만 않으면 된다.

"너 남자 친구 있니?"

엄마의 시선에 순간 뜨끔했다. 바보같이, 연락 수단은 다 차단했으면서 약지에 낀 커플링을 아직 안 뺐다. 나는 얼버무리듯 말했다.

"진지한 사이 아니야."

"너희 나이 때 진지한 게 어디 있어? 반지 심플하고 예쁘네. 걔가 잘해 줘?"

커플링을 당장 빼서 집어던지고 싶은데 부단히 참아야 했다. 타이밍이 개떡 같다. 임신일지 모른다고 말해 볼까, 잠시 생각했다. 내가 엄마를 용서하려면 이런 날벼락 같은 소식을 듣고도 아무 탓하지 않고 상황을 수습해 줄 정도는 돼야 하기 때문이다. 나는 그럴 리 없을 거라 여기고 픽 웃었다.

운구차가 병원에 거의 도달했을 무렵이었다. 우리 반 학생 대부분이 들어와 있는 단톡방에 링크 하나가 올라왔다.

💬 **대박 사건. 우리 학교 탑 티어 학생의 진실.**

주소를 보니 유튜브 같았다. 누르자마자 익숙한 얼굴들이 나오기에 깜짝 놀랐다. 바로 날 포함한 우리 밴드 멤버들을 가까이서 찍은 충경고등학교 공연 영상이었다. 이게 왜 이제 와서 화제

가 되는지 알 수 없었다. 별생각 없이 영상을 보고 있는데 다른
애들의 반응이 올라왔다.

- 💬 와, 소름.
- 💬 댓글 완전 미쳤네.
- 💬 강주원도 밴드잖아. 주원이 괜찮을까?

심지어 내 얘기도 올라왔다. 나는 애들 사이에 언급되고 있는
댓글 창을 빠르게 내려 봤다. 잠시 후, 대댓글이 수십 개 달린 문
제의 글이 나타났다.

뒤에 드럼 치는 애, 고기준 아님?

└ 그러게. 쟤가 왜 저기 있지.

└ 갑자기 사라졌었잖아. 얼척없네. ㅋㅋㅋ

└ 기준이 아니라 영훈 형인데요. 누구신지?

└ 고영훈? 혹시 이름 바꿨나?

└ 바꾼 건 모르겠고, 영훈 형 맞아요. 왜요?

└ 아. 그쪽 학교는 모르나 보다. 걔 형이 사람 죽여서 감방 가고, 식구
   들은 모두 야반도주했어. 거기선 말 안 했지? 흉악 사건이라 뉴스에
   나오고 떠들썩했는데.

└, 진짜요?

상대방 댓글에 꼬박꼬박 반응한 건 다름 아닌 경식이었다. 이
자식은 왜 눈치 없이 끼어든 걸까. 영상을 본 모든 사람에게 생
중계를 해 버린 꼴이 되었다. 반 아이들은 벌써 억측하기 시작
했다.

● **세상에, 이름도 바꿨대. 걔 분위기 음침했잖아.**

● **무서워. 학교 어떻게 다녀? ㅠㅠ**

나도 처음 마주하는 소식에 혼란스러웠지만, 이것만은 확신
할 수 있었다. 영훈은 사람들이 생각하는 그런 위험한 사람이 아
니라는 것. 그저 공부밖에 몰랐다가 올해 드럼에 푹 빠진 애라는
것. 반년을 함께했는데 돈을 꿔 주면서 한 번도 싫은 말을 한 적
없었다는 것. 그런 영훈이 괴물 취급을 받다니.

"무슨 일 있어?"

엄마가 물었다. 나는 고개만 도리도리 저었다. 반면에 생각
은 더욱 복잡해졌다. 공연을 3일 앞두고 이런 일이 생기다니. 어
쩌면 충경고 때보다 더 큰 악몽이 펼쳐질지 모른다. 영훈은 지금
뭘 하고 있을까. 연습은 제대로 하는 중일까.

운구차가 장례식장에 도착하자마자 나는 서둘러 성원시로 출발했다. 하늘은 아무 상관없다는 듯, 그저 맑았다.

베이시스트 황성진

학교는 어젯밤부터 시끌벅적했다.

가장 먼저 소식을 알린 건 같은 음악 교사이자 친구인 제균이 었다. 저녁 연습을 마치고 김밥으로 허기를 달래는데 느닷없이 전화가 온 것이다.

"얘기 들었어?"

"뭐?"

"모르는구나. 이거 커질 것 같은데. 보내 줄 테니 봐 봐."

그러면서 톡으로 날아온 링크는 4년 전 타 도시의 학교폭력 사망 사건 뉴스였다. 나도 사범대학생 시절에 접해 알고 있는 사건이었다. 따돌림에 시달리던 남학생이 격분해 의자를 마구 휘둘렀는데 한 남학생은 두개골 파열로 사망, 말리던 여학생은 갈비뼈 함몰과 왼팔 골절, 그 외 경상 다수. 당시에 큰 파장을 몰고 온 사건이었다. 전국 모든 왕따의 영웅이라느니, 비열한 살인자일 뿐이라느니 말도 많았다. 제균은 어리둥절한 내게 설명을 덧붙였다.

"너희 밴드 고영훈 학생이 그 살인 가해자의 친동생이래."

"……그래서?"

"문제는, 그 사실을 숨기고 여기 왔다는 거지. 그게 오늘 들통났고."

"영훈이가 잘못한 게 아니잖아?"

"아이고 답답아. 대중 정서란 게 있잖아. 사람들이 영훈이네 가족 다 욕하고 있어. 내년에 살인자 출소한다고 맘카페에 난리도 아니라고."

나는 통화를 끊자마자 교무실로 가 보았다. 밤늦은 시간의 교무실은 어두침침한 조명과 텅 빈 공간이 어우러져 스산했다. 그런데 저쪽 구석에 영훈의 담임을 비롯한 몇몇이 모여 있었다. 나는 그리로 다가갔다.

"이제 손 쓸 수가 없네, 이거."

모니터에 띄워져 있는 화면은 학교 홈페이지 게시판이었다. 제목만 봐도 '학교는 정말 몰랐나', '명운고의 불명예', '전학 조치 요구', 이런 걸로 가득했다. 교사들이 그걸 보며 한숨 쉬는 중이었다. 영훈의 담임이 허탈한 듯 웃었다.

"아, 나 이 씨. 아주 그냥 빅 똥을 쌌네."

"전에 영훈 아빠 교무실 오지 않았었나?"

"그러니까 내 말이! 자식 간수도 못 하면서 입시에 대해 일장 연설을 하더라니까."

나는 잠자코 듣다가 끼어들었다.

"실례지만, 영훈이는 만나 보셨습니까?"

"걔 아까 집에 갔어요. 제 부모가 데리러 왔던데."

"용천에서 사고 쳤으면 거기서 쭉 살지, 왜 여길 기어들어 왔냐."

다른 체육 선생이 지껄였다. 모두 선배 교사라 닥치라고 말할 수도 없었다. 나는 꾸벅 묵례만 하고 교무실을 나왔다. 곧바로 영훈에게 전화를 걸었지만, 착신이 정지되어 있다는 음성 안내가 나왔다. 휴대폰이 끊겨 버린 건가. 불과 몇 시간 전만 해도 동아리실에서 구슬땀을 흘리던 녀석인데.

다음 날 영훈은 도망가지 않고 꿋꿋이 학교에 왔다. 나는 담임에게 영훈의 상담을 요청했다. 그래서 2교시가 끝나고 영훈을 만날 수 있었다.

"일부러 동아리실에서 보자고 했어. 괜찮아?"

"……네."

영훈은 왼쪽 귀 아래에 사각 반창고를 붙인 상태였다. 어제 다친 듯한데 보기만 해도 아플 정도였다. 의자를 가리켰지만, 영훈은 앉지 않았다. 무언가 잔뜩 긴장한 모양새였다.

"혼내려고 부른 거 아니야. 앉아."

"……."

영훈은 그제야 조심스럽게 앉았다. 이미 아침부터 담임에게 온갖 추궁을 당했을 것이다. 그리고 학생들로부터 따가운 시선을 견디다 왔을 것이다. 나는 그런 영훈을 다독이고 싶었다. 여기서 숨 좀 돌리고 갔으면 했다.

"얼마나 놀랐어. 응?"

"놀라기보단…… 올 게 왔다는 느낌이에요."

"올 게 오다니?"

"언젠간 이렇게 될지 모른다 생각했어요."

영훈의 말투는 담담했다. 동시에 고개를 숙이고 있었다. 녀석의 감정이 복잡한 게 기운만으로도 느껴진다. 나는 섣불리 말을 걸기보다는 영훈이 안정을 찾을 때까지 기다렸다. 영훈과 나는 동시에 드럼을 쳐다보았다. 햇빛이 들이쳐 둥근 북 테두리가 반짝거리고 있었다.

영훈은 한참 뒤에 입을 열었다.

"솔직히 부모님한테 면목이 없어요. 이렇게 될까 봐 처음부터 밴드 활동 하지 말라고 했는데."

"충경고 영상 때문에 일이 커진 것 같더라. 거기에 경식이 댓글 다는 바람에……."

"저 경식이 원망 안 해요. 걔가 그럴 의도를 가지고 한 건 아니잖아요. 경식이도 운이 없었다고 봐야죠."

나는 솔직히 놀랐다. 사건의 당사자이자 피해자라고 할 수 있는 사람의 생각이 어찌 이리 차분하단 말인가.

"귀밑의 상처는 어쩌다가?"

"아, 이거요. 아빠가 진짜 화나면 좀 난폭해져서요."

"때리셨어?"

"아니요. 뭔가 막 집어던졌는데 거기에 맞아서. 저는 본받지 않으려고요."

다분히 형을 의식한 말이었다. 영훈의 형도 순간의 분을 이기지 못해 난동 부리다 일이 벌어졌으니까. 나는 영훈에게 조심스럽게 말을 꺼냈다.

"영훈아. 부담되면, 이번 공연 안 서도 돼."

영훈이 고개를 번쩍 들었다.

"전 꼭 하고 싶은데요."

나는 다시 놀랐다. 뭐라 대답할 새 없이 영훈이 또 말했다.

"선생님이 내쫓지만 않으면 끝까지 하고 싶어요."

"내가 널 왜 내쫓아. 걱정돼 그러지. 부모님이 말린다며."

"전 밴드 처음 할 때부터 부모님 반대를 견디면서 했어요. 그런 건 아무 문제가 안 돼요. 이렇게 된 마당에 밴드를 그만둔다 해서 달라질 게 없잖아요. 저는 오히려 지금 멈추는 게 가장 바보 같다고 생각하는데요."

"……."

마치 내가 학생이고, 영훈이 선생인 것 같은 이 기분은 무엇이란 말인가. 어쩌면 상담이 필요한 건 나였는지 모른다. 아무에게도 털어놓지 못하는 비밀 때문에 매일 괴로워하면서도 괜찮은 척하고 있는 나. 그런 내가 영훈도 똑같을 거라 생각한 건가. 영훈은 생각보다 단단한 아이였다.

나는 영훈을 북돋아 주었다.

"그래. 학교 안팎으로 이런저런 말이 많은데, 너만 괜찮다면 아무 문제 없을 거야. 학칙이나 교육법 어디에도 가족 문제 때문에 학생이 불이익을 받는 조항은 없거든. 당장은 힘들지만, 같이 이겨낸다고 생각하자. 나 말고도 네 편이 많을 거야."

상담이 아닌 대화는 이렇게 종료되었다. 인사하고 돌아선 영훈의 뒷모습에서 왠지 모를 뚝심이 엿보였다.

◀◀ ▶ ▶▶

저녁 연습은 매일 이루어졌다. 공연까지는 앞으로 3일. 이번 주는 아민도 소속사 출근까지 빼고 연습하는 중이다. 영훈도 가족 문제로 시끄러운 와중에 연습만큼은 놀랍게 집중했다. 앞서 공연한 두 곡 〈부서진 햇살들〉과 〈잊어야 하는데〉는 일찍이 다 듣어져 반복하는 중이었고, 자작곡 〈Silent sky〉만 아직 조율을 거치는 단계였다. 맞춰 보다가 느낌이 살지 않는 부분은 즉시 음표나 기호를 수정하곤 했다.

문제는 주원이 없다는 점이었다. 알바 때문에 저녁 연습에만 빠지겠다던 주원은 장례 치르느라 이번 주 내내 자리를 비우고 있었다. 하필 서브였던 현수조차 탈퇴해 기타를 맞춰 줄 사람이 없다. 협주에서 기타 멜로디가 얼마나 조화롭게 녹아드는지 살피지 못하니 답답할 따름이었다.

"경식아, 노래 좀 불러 줘 봐."

아민이 키보드 앞에 앉으며 부탁했다. 요즘 영훈보다 얼굴이 더 사색이 된 것은 경식이었다. 구석에 멍하니 있다가 누군가 부르면 깜짝 놀라곤 했다. 영훈은 경식을 쳐다보지도 않는데 말이다. 경식은 목소리가 잔뜩 뒤집어져 있었다. 이래선 제대로 될 턱이 없다. 나는 베이스의 현을 한꺼번에 퉁기며 협주를 중지시켰다.

"자, 긴장 풀고. 잠깐 쉬었다 하자."

쉬는 시간에도 아이들은 서로 말을 하지 않았다. 공연을 앞둔 중압감 때문일까. 분위기 메이커였던 경식이 지금 이런 데다, 호탕한 주원도 없어서 더욱 그런 듯했다. 아민마저 표정이 어두운 건 이상한 일이었다. 요즘 뭔가 불안해 보였다.

우우웅. 우우웅.

마침 그때 휴대폰이 울렸다. 저장되어 있진 않은데 이상하게 낯이 익은 번호였다. 나는 곧바로 복도로 나와 전화를 받았다. 수화기 너머로 공손하면서도 쩌렁쩌렁한 목소리가 흘러나왔다.

"아이고 황 선생님, 저 김철용 기잡니다. 잘 지내셨지요?"

"아 네, 기자님. 안녕하세요."

수국제 때 기사를 내 주었던 지역 일간지 신문 기자였다. 우리 밴드가 성원마당에 올라가도록 힘을 실어 준 사람 중 하나다. 김 기자는 웃으며 말했다.

"내일 기사 내려고 합니다. 준비 잘되고 있죠?"

"……네. 그럼요."

"축제 전야제 무대를 그대로 쓰는 거라 무척 넓을 텐데, 꼭 차면 좋겠어요. 명운고 밴드 보려고 타 지역에서 온다는 사람들도 있으니까요."

"아이고, 저흰 프로도 아닌데."

"왜겠어요. 지아민 때문이죠."

"……."

"걔 데뷔하면 대단할 거예요."

"기자님."

"네?"

"이번에 기사 내시면 다른 멤버도 많이 조명해 주세요. 다 열심히 한 애들이에요."

"……그럼요. 당연하죠."

우리 밴드가 기사화되고 온라인이나 SNS로 퍼지는 건, 거의 아민 덕분이라 봐도 무방했다. 지난번 기사에 주원, 영훈, 지유의 이름은 없었다. 오직 '팝 포텐셜 TOP 12 출신 지아민'의 이름만 있을 뿐이었다.

"그나저나 황 선생님. 요즘 온라인에 그 학교 학생에 관한 이상한 소문이 있던데, 뭐 아는 거 있으세요?"

순간 뜨끔했다. 나는 일단 얼버무렸다.

"네? 무슨 소문이요?"

"왜 있잖아요. 살인 전과자 가족이 몰래 이사 왔다는. 지역 주

민들이 많이 불안해하던데요."

좋지 않은 일을 내게 물어보는 기자의 의도가 이해되지 않았다. 그 학생이 밴드 멤버인 걸 알고 있는 걸까. 나는 일부러 퉁명스럽게 말했다.

"당사자는 아직 복역 중이고요. 동생이 여기 학생인데, 착한 아입니다. 오래전 일이 지금 퍼지는 바람에 많이 괴로워하고 있어요."

"하하, 그렇겠죠. 혹시 지장이 있나 해서."

"지장 없어요. 강한 아이니까요."

"알겠습니다, 선생님. 수고하십시오."

통화를 끝내고 보니 양손에 땀이 흥건했다. 흡사 취조라도 당한 듯한 기분이다. 그사이 동아리실 안에서는 아이들 목소리가 흘러나왔다. 이제야 이야기꽃을 피우는 모양이었다.

우리 애들은 모두 열심이다. 나라도 이 아이들의 울타리가 되어 주고 싶다. 나는 어두컴컴한 복도에서 심호흡을 하고 다시 들어갔다.

공연 이틀 전 아침은 먹구름으로 가득했다. 일기예보로는 전야제가 있는 내일까지 비가 내린다고 했다. 사람들은 내일 낮까지만 내리고 전야제 시작 전에는 비구름이 물러가 주길 바랐다. 유명한 가수가 여럿 초대된 데다, 야외 특설 무대라 날씨에 영향을 받기 때문이었다.

몰려온 구름 때문에 교무실도 우중충했다. 모처럼 오전에 세 시간이나 공강이라 밀린 업무 처리를 할 기회였다. 나는 이따금 박현미 교감의 말 상대를 하며 공문과 장부 정리를 했다. 밀려서 좋을 게 없는 일들이었다.

11시가 지날 무렵, 교무실에 갑자기 한 아주머니가 들어왔다. 동글동글한 턱선에 뽀얀 얼굴이 왠지 많이 본 듯한 인상이었다. 얼굴에 노기를 가득 띤 채 이곳저곳을 살피고 있었다.

"안녕하세요. 누구 찾으세요?"

"황성진 선생님이요."

이름 세 글자에 힘을 딱딱 주어 말했다. 나는 그 기세에 움츠러들었다.

"아, 전데요."

내가 대답하자마자 그 아주머니가 번쩍거리는 눈으로 나를 위아래로 훑어보았다. 그러고는 다시 한번 확인했다.

"선생님이 정말 황성진이에요?"

"네. 맞습니다."

"딴 데 가서 이야기해요. 여기는 말하기 좀 그래서."

꺼림칙한 기운이 가득 느껴졌다. 민원인과 폐쇄된 장소에서 일대일로 만나는 건 메뉴얼상 어긋난다. 나는 정중히 말했다.

"여기서 얘기하세요. 저기 푹신한 의자 있습니다."

"그래요? 난 분명히 제안했는데, 선생님이 거절한 거예요."

아주머니가 소파 쪽으로 걸어가면서 내뱉었다. 한마디 한마디가 이상하게 가슴을 후벼 파는 기분이었다. 나는 분위기를 전환하고 싶어 물었다.

"음료수 뭐 드시겠어요? 커피랑 주스······"

"됐고, 앉으세요."

그러고서 아주머니가 보란 듯이 내 쪽으로 물건을 탁 올려놓았다. 다름 아닌 옅은 분홍빛 휴대폰이었다. 나는 이 물건의 뜻을 전혀 짐작할 수 없었다.

"실례지만 학부모님이세요?"

"저, 명지유 엄마예요."

이름 세 글자를 듣는 순간, 방망이로 한 대 맞은 듯이 머리가 어지러웠다. 그제야 아주머니의 얼굴이 지유와 닮았다는 사실을 깨달았다. 갑자기 공기가 후덥지근했다. 나는 눈길을 어디에 두어야 할지 몰라 휴대폰만 바라보았다.

"이거, 지유 폰인가요?"

"네. 지유가 유서도 없이 가서, 휴대폰에 뭐라도 있을까 싶어 포렌식을 맡겼어요. 이거 푸는 데만 두 달 넘게 걸리더라고요."

치뜨고 바라보는 지유 엄마의 눈빛은 이미 나를 교사로 대하는 것 같지 않았다. 목소리도 잔뜩 상기되어 있었다.

"지유가 선생님을 많이 좋아했던데요."

"……."

"여기 선생님이랑 톡 한 것도 있네요."

작년의 대화 내용이었다. 지유가 밴드에 들어온 뒤부터 밝아진 모습이 보기 좋아 스스럼없이 대할 때가 있었다. 휴대폰 화면엔 지유가 보낸 여러 이모티콘과 거기에 반응한 내가 고스란히 담겨 있었다. 서로 과거사나 힘든 일을 나눈 내용도 보였다. 톡은 작년 겨울까지 이어졌다.

"선생님, 지유 피아노도 가르치셨어요?"

"……네. 지유가 포기하고 싶지 않다고 해서."

"그걸 왜 일대일로 가르쳐요? 이렇게 고민도 나눈 데다 둘이 만나 피아노도 같이 치면 위험해질지 모른다는 생각 안 해 보셨어요?"

"저도 작년엔 신규라 의욕이 앞서서 거기까진 생각 못 했습니다. 그래서 올해부터 피아노 지도도 중단하고 지유랑 개인적인 톡도 삼갔어요."

"그럼 이건 뭐예요?"

가리킨 건, 올해 7월 중순 무렵의 톡이었다.

> 🗨 샘, 물어볼 게 있어요.
> 🗨 뭔데?
> 🗨 얼굴 보고 얘기해요.
> 🗨 톡으로 하지 그래.
> 🗨 꼭 봐야겠어요. 옥상으로 와 줄 수 있어요?

"아, 이거요. 제가 올해 군대 간다는 소식 듣고 확인하려고."

"지유가 정말 그것만 물어봤어요?"

지유 엄마의 눈빛은 날카로웠다. 왠지 뭔가를 알고 온 듯한 느낌. 거짓말을 하면 위험해질 것 같았다. 나는 잠시 고민하다가 결국 사실을 말했다.

"지유가 이때 저한테 마음을 표현하려 했던 것 같습니다."

"같습니다, 라니요?"

"제가 듣기도 전에 거절했거든요."

지유 엄마는 그럼 그렇지, 하는 얼굴로 헛숨을 삼켰다. 점점 숨통이 조이는 듯해 속이 울렁거렸다. 지유 엄마는 조금씩 질문을 좁혀 왔다.

"선생님, 그 뒤로 옥상에 올라간 적 있어요?"

"……."

"옥상에 올라갔냐고요."

"그건 왜 물어보시는지."

"지유가 거기서 뛰어내렸잖아요."

"……요즘도 가끔 올라갑니다. 원래 그랬으니까요."

"애매하게 답변을 피하시네요."

지유 엄마는 날카로운 표정 그대로 입만 웃었다. 뭔가 덫에 걸린 기분이다.

"어머님. 혹시 절 의심하고 계세요?"

"의심이 아니라 진실을 알고 싶은 거예요. 지유에게 무슨 일이 있었는지."

"그럼 어머님이 알고 계신 걸 말씀해 주세요. 그래야 저도 돕죠."

지유 엄마는 나를 한참이나 노려봤다. 내가 신뢰할 만한 사람인지 살피는 듯했다. 그런 뒤에야 지유 휴대폰을 열어 메모장 앱 화면을 보여 주었다.

"지유가 죽기 이틀 전에 쓴 거예요. 전 이게 유서나 다름없다고 생각해요."

기도문 형식의 긴 글이었다. 나는 읽다가 어느 부분에 눈길이 턱 멈췄다.

> ······ 그날과는 다른 하늘. 별이 하나만 떴다. 달도 숨었다.
> 하나님, 저한테 알려 주는 건가요? 넌 저 별처럼 아무도 의지
> 할 수 없다는 것을. 지금까지 살면서 잘못을 많이 했다고는 생각
> 하지 않아요. 그러니 도와주세요. 여기서 매일 기도할게요. 뭐라
> 도 하나 들어주세요. 그럼 살아 볼게요. ······

원망과 간절함이 뒤섞여 있었다. 이어진 글에는 음악적 한계
와 선득선득 찾아오는 우울감과 불안함, 가정 형편과 엄마에 관
한 걱정, 그리고 기다려도 오지 않는 사람에 대한 생각까지 적혀
있었다. 지유는 모든 걸 비관적으로 바라보고 있었다.

"여기에 '오지 않는 사람'이라고 적힌 게 선생님 맞죠?"

오지 않는 사람. 의지할 수 없는 사람.

지유는 나를 그렇게 정의했다. 누구보다도 많은 고민을 나누
고 서로 다독였지만 나는 그런 사람이 되어 있었다. 우리 둘만
있을 때 지유는 맑게 웃었다. 그 모습이 떠올라 눈앞이 흐릿해졌
다. 나는 그런 아이의 죽음을 외면했다. 지금껏 모른 척했다. 그
리고 이제 지유의 눈망울과 닮은 사람이 나타나 진실을 요구하
고 있다.

"지유가 선생님 기다린 거 맞냐고요."

그때의 나는 비겁했다. 나 역시 지유가 싫지 않았다. 그런데도 거절한 건 순전히 내 상황 때문이었다. 나는 빚을 갚아야만 했다. 그러려면 교직에 위협이 될 만한 건 모조리 차단해야 했다. 어쩔 수 없다고 생각했다. 그 결정에는 내 마음의 목소리도, 지유에 대한 배려도 없었다.

그런데도 나는 지유에게 구원받았다. 나도 그날 죽고 싶어 옥상에 올라갔으니……. 어쩌면 지유가 나 대신 죽은 것일지 모른다고 수없이 생각했다.

더 이상은 못 하겠다.

날 소중히 대해 준 사람을 외면하는 짓. 거짓말까지 하면서 진실을 숨기는 짓. 더는 못 하겠다. 나는 심호흡을 하고 무겁게 입을 열었다.

"어머님. 사실은……."

마지막 순간에 있었던 일을 전부 말해 주었다. 모든 것을 내려놓고서. 지유 엄마는 눈이 커졌다. 구체적인 정황을 따져 물었다. 우리가 나눈 마지막 대화까지 모든 걸 캐물었다. 나는 거짓 없이 말했다. 그게 지유에 대한 마지막 예의였다.

지유 엄마의 목소리는 덜덜 떨려 나왔다.

"그때는 왜 이런 얘기 없었어요?"

"······무서웠습니다. 저를 피의자로 몰아갈까 봐."

"지유한테 따뜻한 말 한마디 못 해 줬어요?"

"······."

"왜 그랬어요."

"······."

"왜 그냥 죽도록 내버려뒀냐고!"

지유 엄마가 빽 소리 지르며 일어섰다. 공기를 찢는 고함에 교무실에 있던 모든 교사가 이쪽을 바라보았다. 나는 고개를 들 수 없었다.

"당신이 우리 지유 살릴 수 있었잖아!"

"······죄송합니다."

"죄송하면 다야? 죄송하면 다냐고!"

삿대질이 심장을 꿰뚫는 듯했다. 뒤늦게 박현미 교감을 비롯한 교사들이 다가왔다. 사람에게 둘러싸인 와중에도 지유 엄마는 손가락질을 멈추지 않았다.

"당신은 교사 자격 없어."

"어머님. 진정하시고······."

박현미 교감이 말렸지만 소용없었다. 지유 엄마의 눈은 젖었는데 불보다 뜨거운 것이 뿜어져 나오고 있었다.

"살려 내. 응? 우리 지유 살려 내!"

나는 지유 엄마를 바라볼 수 없었다. 박현미 교감이 쩔쩔매면서 지유 엄마를 데리고 나갔고, 어느덧 나타난 제균이 내 어깨를 토닥이며 진정시켰다. 아무도 나에게 말을 붙이지 못했다. 교무실은 폭탄이 터진 폐허가 되고 말았다.

◀◀ ▶ ▶▶

하루 지나 금요일이 되었고, 이날은 성원시 축제의 전야제가 있는 날이었다. 아직 비가 추적추적 내려 도로가 검게 젖어 있었다. 출근하는 발걸음은 형장에 제 발로 걸어가는 것처럼 무거웠다. 교정에 들어오면서 마주친 학생들이 우산으로 얼굴을 가리며 숙덕거리는 기운이 느껴졌다. 기분 탓은 아닐 것이다. 어젯밤만 해도 벌써 메시지를 여러 개 받았으니까.

● 쌤! 소문이 사실이에요?

● 지유랑 사귀었어요? 언제요?

● 쌤이 차서 지유 그렇게 됐다면서요.

교무실에 있던 누군가에게서 새어 나간 건지, 지유 엄마가 퍼뜨렸는지 알 수 없었다. 날개가 돋아난 소문은 왜곡되어 마음대로 변형되고 있었고, 사람들 듣기 좋을 대로 퍼져 나갔다. 적어도 명운고는 오늘 있을 전야제보다 나에 관한 소식이 관심거리가 되어 버린 듯했다.

나는 모든 걸 감수하기로 했다.

지유의 죽음을 석 달 가까이 외면한 대가를 이제는 치러야 한다. 경찰이 부르면 갈 것이고, 징계를 주면 받을 것이다. 내가 한 짓은 누군가에게는 절대로 용서받지 못할 일이다.

1교시 수업은 2학년 3반이었다. 음악실에 들어가니 주황빛 머리, 주원이 맨 뒤에 앉아 있었다. 외할머니의 장례식이 끝났나 보다. 주원은 무척 의외라는 눈빛으로 날 바라보고 있었다. 나는 시선을 애써 무시하고 수업에 들어갔다.

아니나 다를까, 수업에 집중하지 않던 남학생 몇이 내게 묻기 시작했다.

"쌤, 누가 먼저 대시했어요?"

"지유랑 어디까지 갔어요?"

"혹시, 했어요? 킥킥킥."

이럴 때 흥분해서 반응하면 역효과가 난다는 걸 알고 있다. 나는 최대한 감정을 빼고 나직하게 말했다.

"그런 일 없었다. 죽은 아이 욕되게 하지 마라."

"에이 쌤! 벌써 소문 다 났는데 왜 시치미 떼요."

"썰 좀 풀어 줘요. 수업 대신에."

그 말에 다른 아이들도 워우, 소리쳤다. 몇 달 전에 죽은 지유는 이미 학생들에게 애도의 대상이 아니었다. 나는 이 상황을 어떻게 돌파해야 할지 막막했다.

"야 이 씨발 새끼들아. 안 닥쳐?"

순간, 교실을 때린 일갈이 모두를 얼어붙게 했다. 다름 아닌 주원이었다. 주원은 팔짱 낀 자세 그대로 말했다.

"뭐만 소문나면 개떼처럼 퍼 나르고. 니들이 사람 새끼냐? 내가 장례 치르다 놀라서 왔더니 뭐 별거 없더만. 앞으로 우리 반 단톡에 직접 본 거 아니면 올리지 마라. 죽여 버린다, 진짜."

짓궂던 아이들이 순식간에 조용해졌다. 이게 주원의 아우라 때문인지 다른 무엇 때문인지는 알 수 없었다. 주원이 날 옹호한 건 이번이 처음이었다.

"주원아. 말이 거칠다. 적어도 수업 땐 욕하지 말도록."

교사로서 어쩔 수 없이 한마디 했다. 그제야 학생들이 킥킥 웃기 시작했다. 주원도 입술을 한 번 비쭉 내밀곤 이내 신경 쓰지 않았다. 이 정도가 오늘 오전 중에 가장 평화로운 수업이었다.

점심 먹고 와 보니 박현미 교감이 날 기다리고 있었다.

"밥 먹고 쉬어야 하는데 미안요. 교장 선생님이 아까부터 찾으시네."

그러면서 양쪽 머리에 손가락 추켜올리는 시늉을 했다. 교장이 화가 많이 났다는 뜻이었다. 수업도 아슬아슬했는데, 곧 닥칠 폭풍 때문에 갑자기 고단함이 몰려왔다. 내가 한숨을 푹 쉬자, 교감이 병 음료수를 하나 건넸다.

"이거 마시고 들어가요. 다른 사람은 몰라도, 나는 황 샘 믿어. 나쁜 뜻으로 한 일 하나도 없다는 거."

"……고맙습니다."

나는 정말로 속이 답답해 시큼한 비타민 음료를 한 번에 들이켰다. 그리고 교장실 앞에 서서 다시 심호흡했다.

똑똑똑.

문을 열어 보니 교장이 인상을 찌푸린 채 모니터를 바라보고 있었다. 공문 결재를 하는 중인가 보다. 이혁권 교장은 내가 앞에 설 때까지도 나를 바라보지 않았다.

"어, 왜요?"

"저…… 오라고 하셔서."

"후우."

교장은 마치 더운 사람처럼 입김을 훅 뿜었다. 그리고 옆쪽 소파를 가리켰다.

"저기 앉아 봐."

나는 교장과 마주 보고 앉았다. 눈길을 둘 곳이 없었다. 교장실을 둘러싼 난초들이 꼿꼿이 서서 나를 노려보는 것 같았다. 교장이 먼저 입을 열었다.

"황 선생, 요즘 왜 그래. 원래 이러지 않고 스마트한 사람이었잖아. 요즘 왜 이리 분란을 몰고 다녀?"

"⋯⋯."

"충경고등학교 공연은 그렇다 쳐. 그런데 이번 일은 뭐야? 겨우 덮고 넘어간 걸 왜 다시 떠들썩하게 만들어."

"지유 엄마가 왔었습니다. 제가 잘못한 부분이 있는 것도 사실이고요."

"이 사람아! 자네 생각만 하고 학교 생각은 안 해? 지금 학교 안팎으로 난리 난 거 몰라? 그 살인범 가족 일로도 정신없어 죽겠는데, 왜 황 선생까지 그래! 어?"

호통 소리가 교장실을 가득 메웠다. 교장은 영훈의 이름도 기억하지 않는 듯했다. 학교의 입장을 들먹거리면 나는 할 말이 없다. 잠시 침묵이 흐르는 동안, 바깥에서 아이들이 떠드는 소리가 창문을 타 넘었다.

교장은 안경을 고쳐 쓰고 관리자답게 이내 목소리를 가라앉혔다.

"황 선생이 죽은 학생과 어떤 연관이 있었는지 말해 봐."

나는 지유의 밴드 가입부터 피아노를 가르쳐 준 일, 그리고 투신을 말리지 못한 것까지 모든 사실을 말해 주었다. 교장은 다른 사람에게 들은 것과 내 말을 비교하며 진위를 가리는 듯했다.

"황 선생 말이 사실이면, 불필요한 사적 만남이 많았다는 건데, 형사 쪽은 몰라도 교육청에서 징계위원회 열릴 수도 있어. 황 선생도 그건 원치 않지?"

"……."

"학교를 위해서도 황 선생을 위해서도 이번 일은 잘 넘기는 게 좋아. 괜히 크게 만들지 말고, 지금부터 내 말대로 해."

그러고 꺼낸 말은 놀라웠다.

"살인범 가족 말야, 드럼 치는 애. 내일 공연에서 빼."

"네?"

"황 선생도 빠지고. 어찌 무대에 서겠어."

"그럼 세션을 어떻게 꾸립니까."

"지금 활동 안 하는 고3 애들 갖다 써요. 걔네도 잘하잖아."

"수능 2주밖에 안 남았습니다. 응할 리가 없어요."

"아니면 방과 후 음악 강사나 밴드 해 본 선생님 세우든지. 어차피 노래 부르는 애 말고는 사람들이 모를 테니까."

밴드와 거기 속한 사람을 장기짝처럼 취급하는 사고방식에 잠시 할 말을 잃었다. 나는 전체 숲을 본다고 믿는 교장 앞에서 정신을 바짝 차려야 했다.

"지금까지 이 공연만 보고 함께 준비한 아이들입니다."

"누가 그걸 몰라? 나라고 이러고 싶겠냐고. 망신살 뻗치기 싫으면 내 말 들어요."

대화가 아닌 일방적인 강요가 이어졌다. 목소리가 높아질수록 옆의 난초가 더욱 잔잔하게 흔들렸다. 말에 실린 중압감이 온몸을 짓누르는 듯했다.

불현듯 영훈의 얼굴이 떠올랐다. 항상 구슬땀을 흘리며 연습하던 영훈. 그 아이의 말이 머리를 치고 지나갔다.

"지금 멈추는 게 가장 바보 같다고 생각하는데요."

갑자기 내가 한없이 부끄러워졌다. 나는 주먹을 꾹 쥐었다.

보컬리스트 지아민

"와, 사람 대박 많아!"

남동생 아성이 차창 밖을 보며 말했다. 축제장 입구부터 사람들이 바글바글했다. 전야제 행사를 보러 온 인파였다. 저 멀리 강변을 끼고 설치된 특설 무대가 보인다. 양쪽 기둥에 설치된 조명이 어스름해진 노을 너머로 반짝거리고 있었다. 낮부터 갠 하늘은 어느덧 깨끗했다.

아빠가 주차할 동안 머리를 묶고 마스크를 착용한 다음, 검정 모자까지 눌러 썼다. 옆에서 지켜보던 아성이 비아냥거렸다.

"그거 병이다. 연예인 병."

"이래도 알아보는 사람 있거든!"

"참 피곤하게 산다. 난 누가 연예인 시켜 줘도 안 해."

멀찍이 주차한 바람에 한참 걸었다. 비 온 뒤 공기가 한층 차가워진 탓에 옷깃을 여몄다. 엄마가 또 회사 일로 못 왔는데, 사실 예상했다. 임원 승진이 코앞이라는 핑계 뒤에 엄마는 잘 숨었다. 내일 공연도 아마 못 올 것이다.

"너 이번 주에 서울 한 번도 안 가던데, 여기 있어도 되는 거냐?"

아빠가 물었다. 나는 괜히 뜨끔했다.

"……괜찮아. 말해 놨어."

더 캐물을까 봐 일부러 축제 안내지를 가지러 갔다. 빳빳한 코팅 용지 두 장으로 된 안내지에 행사장 지도와 장소별로 어떤 이벤트가 벌어지는지 소개되어 있었다. 강을 끼고 체험 부스, 푸드 존, 체육 경기장 같은 것이 나열됐다. 그중 눈이 가는 건 역시 성원마당이었다. 오늘 전야제가 열리는 무대이기도 했다. 축제기간 4일 내내 마술쇼, 국악, 연극 같은 공연이 두세 시간마다 펼쳐지는 장소였다. 우리 차례는 내일 오후 3시. 안내지에 '세계최강 밴드(지아민)'이라 나와 있었다.

"……"

'명운고'라고 적혀야 할 곳에 내 이름이 있다는 사실이 씁쓸했다. 이러면 사람들이 더 주목해 주리라 생각한 건가. 나는 지금 팬들이 기대하는 지아민이 아닌데. 게다가 손님 멤버일 뿐인데. 학교에서 애들이 '지아민 밴드'라 부를 때마다 깜짝 놀라곤 한다. 그런 배려 없음이 안내지에 고스란히 담겨 있었다.

"빨리 안 오고 뭐 해? 자리 놓친다고."

아성이 멀리 앞서간 채로 소리쳤다. 콧수염이 가득한 아빠도 내게 손을 까딱였다. 나는 사람들이 구름떼처럼 모인 성원마당 쪽으로 발걸음을 재촉했다. 아성 말대로 이미 앉을 자리는 없고, 시야가 조금 가리는 오른쪽 구석에 서서 볼 자리만 있었다. 우리 가족은 할 수 없이 그리 비집고 들어갔다.

"저쪽은 낮부터 기다렸나 보다."

아빠가 의자에 앉은 사람들을 가리켰다. 대략 천오백 명쯤 앉았는데, 그 정도로는 모든 관객을 수용하기에 턱없이 부족했다. 우리처럼 서 있거나 멀찍이 돗자리를 깔고 앉은 사람은 그 몇 배였으니까. 트로트 가수부터 신인 걸그룹까지 초대 가수를 향한 사람들의 관심은 대단했다. 지금도 인파가 계속 몰려들고 있었다.

성원마당의 특설 무대를 다시 살펴보았다. 멀리서 봤던 것보다 훨씬 넓고 크다. 댄서가 스무 명쯤 올라가도 충분할 것 같았다. 거대한 앰프와 스피커가 양쪽으로 탑처럼 쌓였다. 이 정도면 소리가 축제장을 넘어 강 건너까지 퍼질 것이다. 게다가 음향과 음질을 조정하는 엔지니어도 둘이나 앉아 있었다. 내일 여기서 노래한다는 사실이 새삼 소름 돋았다. 그동안 수많은 무대를 겪 었는데도 공연 직전까지 가슴이 떨리는 증상은 여전하다.

사회자의 등장과 함께 축제의 시작을 알리는 불꽃이 터졌고, 기다렸던 초대 가수가 하나씩 무대에 올랐다. 요즘 잘 나가는 젊 은 트로트 가수가 처음으로 올라왔는데, MR에 맞춰 부르는 거 라 홀로 우뚝 서 있었다. 그런데도 꽉 찬 성량과 구성진 음색 때 문에 무대가 풍성해 보였다. 게다가 재치도 있어 사람들을 빵빵 웃게 만들었다. 나는 한 수 배우는 마음으로 공연을 관찰했다. 그리고 언제 사람들의 호응이 큰지도 살폈다. 이 열기가 부디 내 일까지 이어지길 바라며.

밤늦게 들어와 씻고 정리하니 거의 자정이었다. 방에 들어올 때 아루가 살금살금 따라왔다. 아빠 대신 나를 선택한 아루가 고 마워 한참을 쓰다듬었다. 내일 오전에 학교 동아리실로 모여 공 연을 미리 준비하기에 일찍 잠자리에 들어야 한다. 하지만 매일 반복하던 하루의 마무리를 빼먹을 수는 없었다. 나는 아루를 끌어안은 채로 지아타민 카페에 들어가 새로 올라온 게시물을 살폈다.

오늘 올라온 글은 모두 다섯 개였다. 그중 나에 관한 이야기가 두 개였다. 하나는 '내일 성원시 축제 꼭 오세요!', 또 하나는 '개인적인 생각(장문 주의)'이었다. 먼저 앞의 글을 눌렀더니 아까 축제장에서 봤던 성원마당 공연 시간표의 사진이 나왔다. 세계최강 밴드(지아민). 쓸쓸한 이름을 또 보고 말았다. 그리고 짧은 글이 있었는데, 거기에 눈길이 멈췄다.

아민 님 내일 공연 무사히 잘했으면... 충경고 영상도 그렇고, 멤버들 질이 안 좋아 발목 잡힐까 봐 걱정. ㅠㅠ

질이 안 좋다는 건 두 가지로 읽힐 수 있었다. 음악 실력이 모자라거나 도덕성이 결여된……. 아마 후자인 듯했다. 이 사람이 축제장에서 찍은 사진을 올렸다면 성원 시민일 가능성이 높고, 그렇다면 영훈 오빠나 황성진 선생님의 소문을 들었을 것이다. 자세히 적지 않을 뿐, 짧은 글에 복잡한 마음이 다 드러나 있었다.

우려했던 영훈 오빠의 일이 결국 터지고 말았다. 그것도 아주 안 좋은 방향으로. 나흘이 지나 조금 가라앉긴 했지만, 학교 게

시판이나 주변 어른들의 여론은 여전히 좋지 않았다. 하필이면 공연 영상으로 정체가 밝혀져 밴드 활동을 한다는 사실까지 드러나고 말았다. 이번 무대가 더 조심스러울 수밖에 없는 이유다. 오빠에게 다가가 나는 전부터 알고 있었어요, 오빠에겐 아무런 잘못이 없어요, 같은 말로 위로할까 생각했지만 그럴 필요는 없었다. 영훈 오빠는 생각보다 꿋꿋했으니까.

사실 정말 놀란 건 황성진 선생님의 일이었다. 지유 언니와 관련한 소문을 듣고서 어젯밤에는 잠도 설쳤다. 선생님은 오늘 마지막 점심 연습 때 오지 않았다. 언니가 선생님과 사귀었다는 게 믿어지지도 않지만, 선생님 때문에 극단적인 선택을 했다는 것도 터무니없이 들렸다. 중학생 때부터 알고 지내기로, 지유 언니는 나보다 확실한 꿈이 있는 사람이었다. 게다가 언니는 황성진 선생님과 분명히 거리를 두고 있었다. 그랬는데 어째서…….

확실한 건 선생님 본인에게 듣는 수밖에 없다. 우린 아직 아무 말도 듣지 못했다. 내일 선생님이 나타난다면 사람들은 숙덕거릴 것이다. 가수가 스캔들이나 불화를 안은 채 노래하는 경우가 많다는 걸 알지만, 벌써 이런 일이 생길 줄 몰랐다.

나는 '개인적인 생각(장문 주의)'이라 적힌 다른 글도 눌러 봤다. 아이디를 보니 전에 드림캐처 엔터의 경영 실적을 분석해 내 데뷔 시점을 날카롭게 예측한 사람이었다. 이 사람의 글은 항상 정독하기에 자세를 고쳐 앉았다.

아민 님이 요즘 아마추어 밴드 활동하는 게 심히 우려됩니다. 사실 내일 지역축제 공연도 하면 안 된다고 생각해요. 다른 멤버들의 좋지 않은 소문을 차치하고서라도 당장 이번 주에 소속사를 한 번도 가지 않으셨다고 들었어요. 제가 보기에 아민 님은 요즘 그룹 데뷔보다 밴드에 더 심취해 있는 것 같아요. 미래를 봐도 락은 아이돌보다 전망이 어둡습니다. 우리나라 주요 음원 차트를 보면……

사건과 분석이 가득한 글에 숨이 막혔다. 게다가 요즘 소속사 연습을 빠진 것도 알고 있다는 사실에 소름이 돋았다. 이 사람 대체 뭘까.

그렇지 않아도 내게는 이미 불덩이가 하나 와 있었다. 휴대폰의 문자 메시지를 열었다. 그리고 오후에 도착한 매니저의 문자를 다시 확인했다.

지아민. 이제 막 나가기로 했구나. PD님도 너 더 이상 못 봐주겠대. 이게 마지막이야. 당장 내일 연습 안 오면 회의 소집할 거야. 결과는 너도 알겠지? 현명한 선택 해라.

몇 번이나 전화를 받지 않아 날아온 문자였다. 낮에 처음 봤을 때는 너무나 속이 울렁거렸는데 신경안정제를 삼킨 뒤로 좀 괜찮아졌다. 지금도 심장이 두근거린다. 나는 심호흡하며 속으로 되뇌었다. 난 도망친 게 아니다. 도망친 게 아니다.

며칠 전에 분명히 매니저에게 허락을 구했었다. 중요한 공연이 있으니 일주일만 연습을 빠지겠다고. 매니저는 일주일이란 말에 한 번 놀라더니, 그게 밴드 공연이란 말에 두 번 놀랐다. 걸그룹을 준비하는 연습생이 댄스도 아니고 락 밴드라니. 게다가 일주일이라니. 이건 PD님에게 말하나 마나 안 될 거라며 매니저가 단칼에 거절했다. 나는 이번이 마지막 공연이니 한 번만 봐달라며 문자로 한 번 더 부탁했다. 하지만 매니저에게 돌아온 답장은 싸늘했다. 지아민은 착각 속에 살고 있다고. 아직 정신을 못 차렸다고. 이번 데뷔조에 탈락한 이유를 못 깨달았느냐고.

그걸 본 순간, 머릿속의 무언가가 툭 끊어진 듯했다. 그래서 더 허락을 구하지 않고 마음이 이끄는 대로 했다. 결국 오늘 최후통첩을 받은 것이다. 데뷔조가 이번 달에 결성됐으니, 앞으로 적어도 2년은 기다려야 다음을 기약할 수 있다. 나한테 그만큼 인내할 여력이 남아 있을까. 지난달에 데뷔조 선정을 앞두고 바짝 뺐던 몸무게가 도로 늘었다. 공지섭 트레이너의 말대로라면 나는 다시 '예의 없는 사람'이 되었다. 나도 모르게 웃음이 나왔다. 예의도 요요가 오는군요. 웃느라 배가 출렁거려 안겨 있던 아루가 움직였다. 나는 아루를 만지며 말 걸었다.

"언니가 참 기가 막혀."

"애오옹."

"오디션이나 경연 많이 해 봤지만, 이런 부담은 처음이야."

"애오옹."

"공연…… 잘할 수 있을까?"

애오옹. 아루는 걱정하지 말라는 듯이 내 목소리에 반응했다. 고마운 나의 동생. 사람 동생보다 낫다. 나는 잘 준비를 했다. 아루를 옆에 두고 스탠드 불도 껐다.

"……"

이상하게 눈이 말똥말똥했다. 아루를 천천히 만져 보아도 마찬가지였다. 약은 아까 먹었다. 내일 공연에 대한 부담 때문일까, 아니면 소속사가 내릴 처분이 두려운 걸까. 다른 멤버들은 잘 자고 있으려나? 주원 언니야 문제없을 테고, 영훈 오빠가 먼저 걱정되었다. 그리고 황성진 선생님을 생각하는데, 불현듯 지유 언니 얼굴이 떠올랐다. 나는 요즘도 언니의 꿈을 꾼다. 꿈에서는 아직 언니에게 아무것도 물어보지 못했다. 그런데 이상한 소문부터 듣다니. 언니는 하늘에서 이 상황을 어떻게 생각하고 있을까. 만약 지금 살아 있다면 무얼 했을까.

언니라면 아마 기도했겠지.

초등학생 시절까지는 잠자기 전에 엄마가 기도를 해 주었다. 그러면 잠이 잘 왔던 기억이 난다. 교회를 안 나간 뒤로 그런 적은 없다. 그런데 지금 그게 하고 싶어졌다. 나는 어릴 적 기억에 의지해 침대 위에 엎드렸다. 그리고 혼자 더듬더듬 기도했다. 그저 몇 마디, 내일 공연을 끝까지 지켜 주기를. 나를 비롯한 멤버들이 평안하기를. 이게 전부였다. 오랜만의 기도는 볼품없었다. 3분도 못 버티고 나는 다시 누웠다. 이토록 성의 없으니 안 들어 줘도 할 수 없다. 내가 하나님이어도 괘씸해할 테니까. 나는 잠들기 전까지 생각했다.

지유 언니의 기도는 더 간절했겠지.

아침 10시까지 모이기로 했는데 조금 늦고 말았다. 서둘러 뛰어와 동아리실 문을 열었더니 와 있는 사람은 의외로 주원 언니 혼자였다. 조율기를 켜 놓은 채로 현을 하나씩 점검하고 있다. 오늘따라 그 모습이 어쩐지 늠름해 보였다. 언니는 그 자세 그대로 인사했다.

"왔네."

"언니, 오늘 컨디션 어때요?"

"나야 뭐. 어차피 네가 잘할 건데 뭐가 걱정이야. 난 멜로디 셔틀이나 하면 되지."

형식적으로 물었을 뿐인데 뼈 있는 말로 받는다. 오래 알고 지냈어도 언니의 이런 화법에는 아직 적응이 안 된다. 무안한 탓에 하릴없이 악보나 만지작대고 있었더니 황성진 선생님과 김제균 선생님이 함께 나타났다. 분위기를 보니 잠시 어디 다녀온 모양이었다.

"영훈이 아직도 안 왔지?"

주원 언니가 들은 척도 안 하기에, 내가 대신 고개를 끄덕여 주었다. 두 선생님은 초조한 기색이었다. 김제균 선생님이 황성진 선생님에게 말했다.

"거봐. 느낌 이상하다 했잖아."

"그럴 리 없는데."

"휴대폰도 착신 정지라며. 그럼 뭐겠어."

우리 1학년 음악 수업에 들어오는 김제균 선생님은 항상 말이 빨랐다. 동그랗게 파마한 머리와 어울리지 않기도 했다. 얘기를 들어 보니 늘 가장 먼저 와 연습하던 영훈 오빠가 보이지 않고, 그걸 이상하게 여긴 선생님이 연락하려고 해도 되지 않는 상황이었다. 사실 나도 아까 왔을 때 영훈 오빠가 없어 의외라 생각했다. 최근에도 매일 연습하던 오빠였는데.

한 시간쯤 지나 11시가 되니, 분위기는 더욱 급박해졌다. 황성진 선생님이 막막한 목소리를 냈다.

"조금 있으면 기재 날라야 하는데. 그 전에 맞춰 보려면 지금밖에 없어."

"드럼이 없잖아요. 어떡해요?"

내가 물었더니 황성진 선생님은 김제균 선생님을 바라봤다.

"……아직 실력 안 죽었지?"

"나? 지금 드럼 채 잡으라고?"

"예전에 해 봤잖아."

"야 이 씨. 그게 몇 년 전이야. 너희랑 맞춰 본 적도 없잖아. 나는 기재 날라 주려고 온 건데, 갑자기 앉히는 법이 어디 있어."

"영훈이 올 때까지만 부탁할게."

"걔 안 오면?"

빠른 말투로 물으니 황성진 선생님은 말이 없었다. 김제균 선생님은 어이없다는 표정을 점점 노골적으로 드러냈다.

"설마, 공연도 하라고?"

참담함을 감추지 못하는 황성진 선생님이었다. 공연 반나절 전에 부탁받으면 나라도 황당할 것이다. 듣고 있던 주원 언니가 실실 웃으며 말했다.

"왜요. 우리 세계최강이잖아요. 뭐가 걱정이에요."

어쩐지 비아냥거리는 것 같아 오히려 조마조마했다. 황성진 선생님은 김제균 선생님에게 오늘 연주할 세 곡의 악보를 차례대로 보여 줬다. 김제균 선생님은 거의 넋이 나간 표정으로 하하, 웃었다.

"와. 교장보다 더하다, 너."

그러곤 드럼 의자에 앉았다. 어색한 분위기로 첫 곡 〈부서진 햇살들〉을 시작했다. 난 솔직히 놀랐다. 전주부터 김제균 선생님이 드럼을 섞는데, 박자 감각이나 센스가 기대 이상이었기 때문이다. 유명한 곡이라서 전에 연주해 본 걸까. 안심이 된 나는 마음껏 노래할 수 있었다. 두 번째 곡 〈잊어야 하는데〉도 김제균 선생님은 무난히 소화했다. 두 곡 다 중간중간에 쉬운 비트로 얼렁뚱땅 넘어가는 부분이 있었지만, 평범한 관객이 들으면 모를 정도였다. 그리고 마지막 자작곡에 이르러서야 김제균 선생님이 선을 그었다.

"난 이거 몰라. 정박 기본만 잡을 테니 그렇게 알아."

불행 중 다행으로 〈Silent sky〉의 앞부분은 드럼의 비중이 거의 없었다. 내가 먼저 키보드에 앉아 전주를 시작했다. 김제균 선생님이 흥미로운 표정으로 나를 지켜봤다. 노래도 같이 부르기에 신경이 많이 쓰이는 곡이었다. 사실 이 곡을 완벽히 소화하고 싶어 소속사도 빼먹고 연습에만 매달렸다. 김제균 선생님은 둥 둥 탁, 둥 두두 탁 탁, 기본 리듬만 쳤다. 황성진 선생님의 베이스는 말할 필요 없이 안정적이었고, 연습을 며칠 빠졌던 주원 언니도 감이 전혀 줄지 않았다.

"아, 12시다. 이제 기재 싣고 출발하자."

영훈 오빠가 나타날 기미가 없자, 황성진 선생님은 기다릴 만큼 기다렸다는 듯한 목소리를 냈다. 김제균 선생님의 큰 차엔 드럼과 키보드를, 황성진 선생님 차에는 기타와 나머지를 싣고 주원 언니와 나까지 타기로 했다. 나르는 데만 30분쯤 걸렸다. 뒷자리와 조수석까지 드럼 부속을 가득 실은 김제균 선생님이 투덜거렸다.

"짐 날라 주고 공연 땜빵까지 하고. 수당 더 줘야 해."

축제장에 와 보니 성원마당에서는 아직 앞 공연 판소리가 끝나지 않았다. 우리는 무대 뒤에 기재를 벌여 놓고 배달시킨 도시락을 먹었다. 판소리의 인기가 좋지 않아서 지켜보는 관객은 겨우 백 명 남짓이었다. 천 석도 넘는 좌석이 텅텅 비어 있었다. 어제 전야제 때의 열기와는 너무나 다른 모습이었다.

"우리도 많이 안 와야 좋은 건가?"

주원 언니가 혼잣말했고, 황성진 선생님은 말이 없었다. 우리는 소문만 들었을 뿐 선생님 일의 진상을 잘 모른다. 공연 날에 눈치 없이 물어볼 수도 없는 노릇이었다. 선생님은 밥을 먹는데도 전쟁을 앞둔 장수처럼 결연한 얼굴이었다. 그래서 말 붙이기가 더 어려웠다.

판소리 무대가 끝나고, 사람들이 대부분 빠져나간 뒤부터 악기 설치를 시작했다. 무대 옆에 상주하던 엔지니어들이 마이크 설치와 앰프 연결을 도와주었다. 장비가 많아 시간이 꽤 걸렸다. 이것저것 자리를 잡고 몇 번 테스트하니 어느덧 두 시, 공연 한 시간 전이었다. 그제야 성원마당 무대 옆으로 단풍나무가 드문드문 섞인 강변이 눈에 들어오기 시작했다. 어젯밤부터 하늘은 맑았고, 구름 한 점 없었다. 멀리 부스에서 호객하는 소리가 잔잔히 들려왔다.

"이야, 곧 공연이네."

한 손에 핫도그를 쥔 경식이 공연 30분 전에 나타났다. 옆에는 오랜만에 보는 수찬 오빠도 함께였다. 푸드 존에서 만나 같이 온 모양이었다. 둘은 밴드에서 짧은 기간 함께 지냈지만, 금세 죽이 척척 맞았다. 수찬 오빠가 베이스 기타를 만지는 황성진 선생님을 바라보며 멋쩍게 웃었다.

"결국 베이스 못 구했냐? 쌤이 설 모양이네."

"오빠. 지금도 늦지 않았어요."

"어우, 됐다 야. 근데 영훈이는?"

"그러게? 왜 제균 쌤이 저기 앉아 계셔?"

경식도 천진난만한 목소리로 물었다. 나는 영훈 오빠가 오늘 나타나지 않았다는 사실을 전할 수밖에 없었다. 그 말을 들은 경식이 적잖이 놀랐다.

"영훈 형이? 그럼 내가 미안해지는데. 전화해 봤어?"

"착신 정지라 통화 안 된대."

"설마 잠적한 거야?"

수찬 오빠가 우리가 모르는 사실을 말해 주었다.

"걔, 폰 정지한 지 오래됐어. 그 일 터지기 전부터야."

"뭔가 미리 감지했던 거 아닐까?"

"네 탓 아니라니까."

경식과 수찬 오빠의 잡담이 한참 이어졌다. 그러고는 별로 채워지지 않은 객석을 보며 오늘 부담 없겠다, 사람들 다 부스나 푸드 존에 가 있더라, 아무튼 수고해라, 같은 말을 남기고는 관람하기 좋은 자리를 골라 앉았다.

"하나, 둘, 셋. 지아민, 파이팅!"

그때 왼쪽에서 난데없는 함성이 들렸다. 살펴보니 열 명 남짓한 사람이 서 있었다. 전부 모르는 얼굴인 걸로 보아 카페 회원이거나 멀리서 온 팬인 듯했다. 나는 익숙한 제스처로 화답해 주었다. 마음이 복잡한 것과는 아무 상관 없이.

그 사람들 옆에는 주원 언니가 서 있었는데 마주 선 아가씨, 아니 아주머니에게 시선이 더 쏠렸다. 주원 언니만큼 키가 훤칠한 데다가 공연 관람보다는 결혼식장에 어울릴 듯한 정장을 갖춰 입었다. 화장이 무척 진한 탓에 나이도 가늠할 수 없었다. 그런 아주머니를 대하는 주원 언니는 뒷모습만 봐도 무언가 못마땅해 보였다. 둘이 몇 마디 나누는 듯했지만, 말소리는 들리지 않았다. 얼마 지나지 않아 주원 언니가 쌩하니 돌아섰다.

"에이, 재수 옴 붙었네."

언니가 도로 무대에 올라오며 투덜거렸다. 누구예요, 물어보려다 관두었다. 나는 언니의 가시 박힌 말투를 감당할 자신이 없으니까.

공연이 10분쯤 남았을 때, 우리는 무대 뒤로 나가 대기 장소에 머물렀다. 김제균 선생님이 관객 쪽을 보며 말했다.

"벌써 이백 명 넘은 것 같아. 오우, 간만이라 미치겠다."

객석이 반의반도 안 차서 썰렁하기 그지없는데……. 선생님은 갑작스러운 연주를 떠맡아 부담이 큰 듯했다. 황성진 선생님이 긴장하지 말라고 했더니, 긴장 안 했다며 성화 부리는 모습이 더 긴장돼 보였다. 주원 언니는 아까부터 무심히 휴대폰만 보고 있었다. 이쪽이야말로 긴장을 안 하는 사람이었다.

그때, 군청색 모자를 눌러쓴 누군가가 땀에 젖은 채 나타났다.

"죄송합니다."

숨이 차서 금방이라도 넘어갈 듯한 목소리였다. 우린 다 같이 놀라 소리쳤다.

"영훈아!"

바로 영훈 오빠였다. 모두 둘러싸서 반기는데, 영훈 오빠는 고개를 들지 않았다. 그저 죄송하다는 말만 반복할 뿐이었다. 환호성까지 지른 김제균 선생님이 가장 반가워하는 듯했다. 갑자기 주원 언니가 영훈 오빠의 모자를 홱 들어 올렸다.

"뭐야. 눈은 왜 그래?"

영훈 오빠의 오른쪽 눈가가 시퍼렇게 멍들어 있었다. 오빠는 서둘러 모자를 다시 썼다. 잠깐 사이, 오빠의 멍든 눈에서 광채가 느껴졌다. 지켜보던 황성진 선생님이 한마디 했다.

"이번엔 던진 물건에 맞은 것 같지 않은데."

얼마 전까지 왼쪽 귀 아래에 붙였던 반창고의 상처를 말하는 듯했다. 영훈 오빠는 미소를 띠었다.

"오히려 힘이 생기던데요. 이제 더는 무섭지 않아요."

정말로 숨찬 목소리에서 활기가 느껴졌다. 주원 언니가 어깨를 툭툭 치며 말했다.

"일단 숨 쉬어, 숨 쉬어."

오빠가 누구에게 맞았는지, 어떤 힘이 생겼다는 건지, 이제 무엇이 무섭지 않은 것인지 나로선 정확히 알 수 없다. 분명한 것은, 세상의 시선에 눌려 숨지 않고 여기 왔다는 사실이다. 그 것만으로 영훈 오빠는 환영받을 자격이 있었다. 오빠가 호흡을 고르고는 김제균 선생님에게 손을 내밀었다.

"주세요."

드럼 채를 말하는 것이었다. 그 한마디에 강렬한 에너지가 느껴졌다. 선생님은 드럼 의자 옆에 뒀다며, 네 드럼 다 날라 줬으니 나중에 안마나 해 달라는 농담을 던졌다. 황성진 선생님이 우리 가운데로 손을 뻗으며 말했다.

"5분 전이다. 영훈이도 왔으니 파이팅 한번 하자."

"아, 쌤. 유치하게 왜 그래요."

주원 언니가 툴툴댔지만, 영훈 오빠가 먼저 황성진 선생님의 손에 손을 얹었다. 나도 가만히 있을 수 없어 그 위에 얹었다. 그제야 언니가 픽 웃으며 손을 올렸다. 우린 약속이나 한 듯이 구호에 맞춰 파이팅을 외쳤다. 네 명의 손이 동시에 하늘로 높이 솟아올랐다. 우린 무대 뒤에 핀 한 송이 꽃이었다.

관객은 대략 삼사백. 학교 축제보다 많다고 할 수 없는 숫자였다. 멀리 푸드 존과 체험 부스가 늘어선 게 보였고, 맑은 하늘 아래 좌석은 여유로웠다. 나는 마이크를 잡자마자 기합을 넣어 인사했다.

"안녕하세요! 우린 세계최강입니다."

내 팬을 비롯한 사람들이 함성 지르며 손뼉을 쳤다. 첫 느낌이 나쁘지 않다. 나는 멤버들과 한 번씩 눈을 마주친 뒤에 외쳤다.

"그럼 바로 시작하겠습니다!"

챙, 챙, 챙, 소리와 함께 경쾌한 연주가 무대를 넘어 강변까지 휘감았다. 첫 곡은 〈부서진 햇살들〉. 가장 파워풀하고 신나는 곡이었다. 수국제 때 호응이 가장 뜨거웠던 노래이기도 했다. 몇몇 사람은 벌써 몸을 흔들었다. 전주가 흘러나오는 동안 객석을 보니 우리 학교 학생을 비롯해 익숙한 얼굴이 여럿 보였다. 나는 그중 가장 반가운 얼굴을 찾았다.

지유 언니의 엄마.

어제 공연 보러 와 달라고 신신당부했다. 아주머니는 오랜 망설임 끝에 승낙했다. 지금도 표정이 썩 밝지는 않다. 나는 아주머니가 오늘 이 자리에 꼭 있었으면 했다. 와 줘서 고맙다는 말을 속으로 되뇌었다.

노래는 발산하는 것에 가까웠다. 수없이 연습하고 반복해 몸 안에 응축시킨 향기를 내뿜는 것이었다. 향에 취한 사람은 하나

둘씩 나와 입 모양이 같아졌다. 그걸 볼수록 힘이 났다. 기타와 베이스, 그리고 드럼이 어우러진 음악이 객석을 휘돌아 축제장 전체로 뻗어 갔다.

첫 곡 〈부서진 햇살들〉은 지금 이곳과 잘 어울리기도 했다. 눈부신 태양과 탁 트인 자연 속 무대. 무언가 좋은 일이 벌어질 것만 같다는 노랫말. 그리고 미래에 대한 한없는 긍정. 노래의 효과는 대단했다. 자리에서 일어나 방방 뛰는 관객도 있었고 저 멀리서 듣고 뒤늦게 몰려오는 사람들도 보였다. 간주할 때 빠른 리프를 선보이는 주원 언니는 오랜만에 그 표정이었다. 웃음을 참는 듯 한쪽으로 말아 올린 입술과 취한 눈빛. 눈이 마주쳤을 때 언니는 그 표정 그대로 웃어 주었다. 열기는 2절에도 이어졌고, 마지막에는 모든 악기가 임팩트를 주며 연주를 마무리했다.

"감사합니다!"

한 곡이 끝났을 뿐인데 마치 피날레를 장식하듯 박수갈채가 쏟아졌다. 그사이에 관객은 두 배 가까이 불어났다. 지금도 먹을 것을 손에 쥔 사람들이 계속 들어오고 있었다. 나는 기분 좋은 혼잡스러움을 음미했다.

중간에 온 관객은 학생이 압도적이었다. 작년에 내가 졸업한 중학교의 후배들도 보였다. 몇몇이 내게 알은척하느라 열심히 몸 인사를 하고 있었다.

눈에 확 띄는 중년 여성이 우리에게 손을 흔들었다. 다름 아닌 교감 선생님이었다. 그 옆에는 교장 선생님도 앉아 있었다. 교장 선생님은 떨떠름한 표정이었다. 마치 감사라도 하러 온 것처럼. 교감 선생님이 우릴 향해 엄지를 척 올리기에 순간 꾸벅 인사할 뻔했다.

"자, 모두 앉아 주세요. 다음 곡 가겠습니다."

두 번째 곡 〈잊어야 하는데〉를 시작했다. 황량한 들판을 홀로 거니는 듯한 베이스 선율이 흘러나왔다. 전주가 거의 1분쯤 되는 곡이다. 웅장한 베이스와 리듬감 있는 드럼이 어우러져 외로움의 심상이 몸을 진동시킬 듯이 묻어나는 부분이었다. 둘만의 연주가 이어지자 모두 숨을 죽였다.

그런데…… 수군대는 관객이 보이기 시작했다. 연주 중인 영훈 오빠와 선생님을 가리키는 듯했다. 입을 가린 채로 곁눈질하는 사람, 어이없다는 표정을 짓는 사람, 대놓고 손가락질하는 사람. 무슨 얘기일지 듣지 않아도 뻔했다. 어쩌면 첫 곡부터 그랬는데 이제 보인 것일 수도 있다. 주원 언니도 표정이 굳었다.

순간 영훈 오빠의 박자가 흔들렸다. 리듬도 약간씩 밀리고 있었다. 분위기에 휩쓸려 긴장한 모양이다. 몇몇 관객이 인상을 찌푸렸다. 자칫하면 더 큰 실수로 이어질 상황이었다. 조마조마함이 계속되고 있었다. 여기서 연주를 멈추기라도 한다면 분위기는 되돌릴 수 없을 터였다.

그때, 황성진 선생님이 꽉 찬 베이스 음으로 영훈 오빠를 리드해 주었다. 오빠를 향해 박자에 맞춰 어깨를 흔들어 보였다. 오빠는 그걸 보면서 다시 리듬을 되찾았다. 말은 없었지만, 서로 끈끈히 의지하고 있었다. 거기에 주원 언니의 기타가 합류하며 전주가 완성되었다. 나의 목소리까지 더해져 우리는 모두 하나로 이어졌다. 우리의 호흡을 본 관객들이 다시 조용해졌다. 이 노래는 손뼉 칠 필요도, 몸을 흔들 필요도 없었다. 듣고 느끼면 되는 곡이었다. 이곳 전체가 황량한 들판이 되면 그만이었다. 사람들 마음에 울린다면 그걸로 충분했다.

노래는 우리도 만져 주었다. 영훈 오빠가 그랬고, 황성진 선생님이 그랬다. 어느덧 둘 다 연주에 푹 빠져 있다. 노래하는 동안 우리는 결속했다. 그야말로 밴드(band). 관객까지 우리와 연결되었다. 곡이 끝난 뒤 흐르는 감동의 침묵에 왠지 모를 위로를 느꼈다. 비어 있는 객석은 거의 보이지 않았다.

이제 남은 건 오리지널 곡 하나. 나는 키보드로 옮겨 앉았다.

"벌써 마지막 곡이네요. 이 곡을 하늘에 있는 지유 언니에게 바칩니다."

관객이 웅성거렸다. 아까와는 전혀 다른 느낌의 소란스러움. 기분 나쁘지 않았다. 나는 세션 모두와 한 번씩 눈을 마주쳤다.

그리고 숨을 크게 쉬고서 손가락 끝으로 〈Silent sky〉의 문을 열었다.

잔잔한 클래식풍의 연주를 시작했다. 웅성거림은 여전히 계속되었다. 그 소리도 음악의 일부였다. 이 노래 알아? 들어 본 적 없는데. 그 죽은 학생 이름 아냐? 같은 소리. 동양적인 느낌이 가미된 선율이 가을 하늘과 어울려 무대를 휘감았다. 기타와 베이스 라인이 합류하면서 사람들은 고요해졌다. 나는 입을 열어 지유 언니가 남긴 노래를 부르기 시작했다.

생각하면 늘 그 자리에 있었지
제대로 바라볼 새 없이 달리다
내 안의 앙금으로 고갤 숙이다
올려보면 말없이 항상 그곳에

드럼을 최대한 절제한 채 음악은 계속 퍼져나갔다. 기타는 내 목소리와 어울렸고, 깊은 베이스는 사람들 마음을 어루만졌다. 눈을 감고 몸을 좌우로 잔잔히 기울이며 듣는 관객이 많았다. 지나온 삶을 반추하면서 후회하기보다는 수고했다며 스스로를 다독이는 속삭임. 그리고 외면하고 지나친 환희의 선택지들. 이젠 그 기쁨을 놓치지 않겠다는 다짐. 하나하나 바람이 되고 햇빛이 되어 노래로 흘러나왔다. 지유 언니가 자기 자신에게 해 주고 싶었을 말들이었다.

후렴에 이르자 영훈 오빠의 드럼이 격렬해지며 모두의 가슴을 두방망이질 쳤다. 바뀐 박자에 맞추어 기타와 베이스도 빨라졌다. 노래의 분위기가 한결 가뿐해졌다. 내 목소리는 더욱 멀리 뻗어 나갔다.

Now I wanna fly high
저 새들의 날갯짓처럼
I wanna fly far away
저 구름이 떠가는 대로

사람들이 어느덧 바람에 흩날리는 갈대처럼 손을 들어 이리저리 흔들고 있었다. 그 손은 약한 우리, 매 순간 흔들리는 자기 자신이었다. 더는 중력에 구속받지 않고 훨훨 날고 싶은 소망의 몸짓이었다. 수백의 손의 물결이 우리 눈앞에서 일렁거렸다. 우리가 가진 것 이상의 화학 작용이 일어나고 있었다. 황성진 선생님이 영훈 오빠를 바라보았고, 주원 언니가 나를 돌아보았다. 우린 눈빛으로 무언의 대화를 나누었다. 지금 여기, 이 순간에 충실했다.

관객 중에 눈물을 흘리는 사람이 있었다. 지유 언니의 엄마였다. 언니의 악보를 쓸쓸하게 건네주던 아주머니. 언니가 마지막까지 쓰던 곡이 울려 퍼지고, 노랫말이 사람들의 마음을 감싸 준다. 지유 언니는 이곳에 살아 있었다.

후렴이 반복되는 동안 가진 모든 걸 쥐어짜 냈다. 우리 노래가 강을 넘어 하늘에 닿도록 불렀다. 주원 언니의 머릿결이 기타 음색을 따라 물결처럼 출렁거렸다. 영훈 오빠의 땀방울이 사방으로 튀었다. 선생님의 베이스가 우리를 단단하게 이끌었다. 후주의 마지막 템포까지 하나가 되어 호흡했다. 갈대 같던 손의 물결은 노래가 끝나자마자 환호를 담은 우렛소리로 바뀌었다. 연주를 마친 우리는 그 모습을 바라봤다. 이제는 서 있는 관객이 많았다.

음악으로 여기 있는 사람들과 에너지를 공유했다는 충실감. 끊이지 않는 갈채에 그 모든 것이 함축되어 있었다. 이젠 여한이 없다. 돌아보니 나만 그런 게 아니었다. 선생님은 만족한 듯 고개를 끄덕였고, 주원 언니는 처음 보여 주는 맑은 미소를 짓고 있었다. 영훈 오빠는 모자를 벗고 일어나 관객들을 정면으로 마주했다. 그 얼굴엔 확신이 담겨 있었다.

나는 무대 앞에서 오른손을 들어 인사했다. 관객들도 손을 들며 환호성을 질렀다. 무질서한 함성은 점점 형태를 갖추어 일정한 소리로 들렸다. 앉아 있는 사람, 자리가 부족해 서 있는 사람까지 한목소리가 되어 갔다. 그 울림에 우리 넷은 서로 바라보며 참을 수 없는 웃음을 터뜨렸다.

앵콜. 앵콜.

시원한 바람이 관객 하나하나의 손길이 되어 내 손에 부딪혔다. 어떤 무대에서도 느껴 보지 못한 감촉이었다. 노랫말처럼 하늘을 날아가는 새와 구름이 되고 싶었다. 우리 넷은 서로 눈빛을 교환했다. 그러고 드럼 신호에 맞춰 〈부서진 햇살들〉 연주를 시작했다. 처음부터 공연을 보지 못한 다수의 관객을 위한 배려였다. 경쾌한 음악이 공기를 가르고 축제장을 휘감았다. 관객들은 일어서서 몸을 흔들었고, 손뼉을 쳤다. 우리는 그 열기로 뜨겁게 호흡했다.

환희의 순간이었다.

에필로그

공연 도중에 생리가 시작되었다. 끝나고 집에 온 뒤에야 알았다. 두 달 만이었다. 어제 테스트기로 확인했지만, 막상 눈으로 보니 비로소 안심되었다. 불편하게 보낼 며칠이 이토록 반가울 줄이야.

현겸 이 새끼는 축제장에 오지 않았다. 생각해 보니 기타 치는 모습에 반했다며 고백한 놈이 그 뒤로 한 번도 공연에 온 적이 없다. 고3이란 걸 핑계 삼아 말이다. 수국제 땐 고3 아니었나? 전형적인 작업에 불과했다는 걸 이렇게 친절히 알려 준다.

개새끼. 절대 연락하지도 받지도 않을 것이다. 궁금하고 불안해 미치든지 말든지. 수능은 딱 대학 가기 애매할 만큼 봐라. 그게 더 피 말릴 테니까.

띠링.

휴대폰이 울렸다. 은행 앱 알림이었다. 나는 번개같이 손을 놀려 화면을 열었다. 거기엔 '입금 500,000원. 송정연'이라고 표기돼 있었다. 아…… 뒤통수부터 머리까지 뜨끈한 게 올라온다. 이 인간이 공연에 온 것도 모자라 오지랖이 하늘을 찌르는군. 장례식 때 말 좀 섞었다고 이젠 괜찮은 줄 아는가 봐?

나는 곧바로 앱에서 이체 메뉴를 눌렀다. 그런데 톡이 함께 왔다.

● 송정연 : 곧 고3이니 알바 그만하고 생활비 써. 대학 갈 때까지만 부칠 거야. 점주에게 물어보니 그 정도 받는다며. 짜증 나게 전처럼 반송하지 말고.

내 마음을 간파한 듯한 재수 없는 메시지였다. 하, 웃음인지 헛숨인지 모를 호흡이 튀어나왔다. 이래 놓고 나한테 엄마 노릇한 셈 치려는 건가.

항상 제멋대로인 사람. 나는 어떻게 해야 엄마라는 작자를 열받게 할 수 있을지 생각해 보았다. 떠오른 방법은 아주 간단했다.

돈 받으면서 알바 계속하기.

휴대폰을 뜯어내 보니 알겠다. 꼴 보기 싫다고 준다는 것도 거절하면 내 손해라는 사실을. 돈을 받아도 당신 말은 안 들을 거라는 걸 보여 줄 테다. 나를 4년쯤 열받게 했으니, 당신도 최소 4년은 버텨 보라지. 그래도 나를 딸로서 대해 준다면 그때 가서 용서할지 말지 결정하겠다. 평생 안 보려 했는데 이 정도면 많이 봐준 거다.

야호, 공돈 생겼다. 이걸로 뭐 할까.

"황 샘, 왜 그래. 진심이야?"

"네. 이미 경찰서에 진술하고 왔습니다."

"그렇다고 이럴 것까진 뭐예요?"

"책임지고 싶습니다."

박현미 교감은 내 사직서를 받지 않았다. 나는 다시 봉투를 들이밀었다. 지난주에 지유 엄마에게 절규 어린 원망을 듣고, 교장에게 대들었을 때부터 이러리라 마음먹고 있었다. 준비한 공연까지 이끌어 주고 나는 죗값을 치르는 것으로. 소문이 안 좋게 난 마당에 학교를 계속 다니긴 힘들었다. 교감은 혀를 끌끌 찼다.

"차라리 연가 내고 일주일쯤 쉬지 그래요? 요즘 스트레스를 너무 받았나 봐."

"아닙니다. 학교에 폐가 되잖아요. 이게 깔끔합니다."

"그럼 이렇게 해요. 일단 이건 내가 갖고 있을 테니, 일주일 더 생각해 보는 걸로. 교육청도 아무 말 없는데 황 샘이 그러면 어떡해. 황 샘은 젊으니 부모님과 상의해 봐야 하지 않겠어요?"

순간 중증 자폐인 동생을 홀로 돌보는 엄마 얼굴이 떠올라 마음이 흔들렸다. 나는 교감의 말에 마지못해 물러났다. 하지만 음악 수업을 하며 마주친 학생들의 눈빛은 여전히 싸늘했다. 나는 사직하는 쪽으로 마음이 다시 기울었다.

그런데 며칠 뒤, 학교로 전화가 걸려 왔다.

"아민이에게 들었어요. 선생님 그만둔다면서요."

지유 엄마였다. 내가 뒤풀이 때 꺼낸 얘기를 말해 줬나 보다.

"면목 없습니다. 지유를 다시 살릴 방법은 없지만, 이건 최소한의 사죄예요. 정말 죄송합니다."

"아니, 그렇다고 관두시면 어떡해요. 제가 교사 자격 없다고 말해서 그래요?"

"……."

"선생님. 그날 그 노래, 지유도 듣고 좋아했을 거예요."

수화기 너머 목소리가 축축해졌다. 나는 어떤 말도 할 수 없었다.

"올해 입대한다면서요. 그럼 군대부터 가세요. 나중에 제대해서 못 하겠으면 그때 그만두시면 되잖아요."

지유 엄마는 생각을 많이 하고 전화한 듯했다. 젖은 목소리 때문에 결국 내 눈도 아릿해졌다. 나는 고맙다는 말 대신 사죄의 말을 반복했다.

"죄송 소리 좀 그만해요. 노이로제 걸리겠네."

통화가 끝나고, 나는 한참을 앉아 있었다. 교무실에 햇살이 들이쳐 바닥이 빛났다.

나는 곰곰이 생각해 보았다. 억에 가까운 채무, 언젠간 부양해야 할 동생, 학생을 잘못 지도했다는 마음의 빚. 이것은 내가 살아야 할 이유인가, 죽어야 할 이유인가. 내 마음은 어느 쪽인가. 무엇에 더 많은 생각을 할애하는가.

답은 나와 있었다. 요즘 사병 월급이 얼마나 되는지 떠올리는 걸 보니.

⏮ ▶ ⏭

　공연한 지 며칠 지나, 수요일에는 뒤풀이가 있었다. 영훈 오빠, 주원 언니, 황성진 선생님과 나, 그리고 경식까지 다섯 명이 모여 동아리실에서 삼겹살을 구워 먹었다. 학교에서 고기 파티라니. 이 제안을 한 건 놀랍게도 황성진 선생님이었다.

　분위기 때문인지 진실 고백 같은 게 이어졌다. 주원 언니는 사귀던 남자 친구와 헤어졌다고 했다. 그동안 엄청 달달해 보였는데, 지금은 무슨 원수 대하듯 말한다. 그보다 놀란 건 황성진 선생님이 교사를 그만둔다고 말했을 때였다. 다들 필사적으로 말렸다. 하지만 선생님은 쉽사리 마음을 바꾸려 하지 않았다.

　사실 나도 고백할 게 있었다. 이건 멤버들이 말려도 소용없는 일이었다.

　"저 소속사에서 잘렸어요. 공연 날 전화받았어요."

　"엑! 그런데도 노래한 거야?"

　"오히려 마음 편한데. 출근 안 해서 좋아."

　눈이 휘둥그레진 경식을 안심시켰다. 주원 언니가 물었다.

　"다른 데서 주워 가는 거 아냐? 그럴 때 있다던데."

　"글쎄요. 불성실 케이스라 어떨지 모르겠어요. 그쪽 업계 생각보다 좁아서요."

"그럼 이제 어떡할 건데?"

영훈 오빠가 물었다. 나는 오빠 얼굴의 아문 상처를 바라봤다.

"제 소속은 이제 세계최강 밴드예요. 손님이 아닌 정식 멤버로 잘 부탁해요."

그 말에 경식이 머리를 감싸 쥐었다.

"안 돼. 내 포지션!"

나는 웃으면서 약 올리듯 말했다.

"건반 치면서 노래 부르기 힘들더라. 앞으로 곡 나눠 부르자. 대신, 너도 이제부터 베이스 익혀 둬. 잘리기 싫으면."

영훈 오빠랑 주원 언니도 내 말을 거들었다. 그동안 오로지 보컬이라며 요리조리 피해 다녔던 경식은 궁지에 몰리자, 베이스 기타를 목에 메고 동아리실을 빙 돌면서 퍼포먼스를 했다. 그 모습에 우리 모두 웃었다.

새와 구름이 된 그날 이후로 달라진 것이 있었다. 요즘은 약을 먹지 않아도 잠이 잘 온다. 꿈도 별로 꾸지 않는다. 뭔가 속이 채워진 느낌이다. 이젠 사람들의 시선이 부담스럽지 않다.

내 꿈은 싱어송라이터다. 다른 소속사에서 날 부를지는 알 수 없다. 분명한 것은 다시는 적성에 맞지 않는 연습생 계약은 하지 않을 거라는 점이다. 그리고 내게 주어진 시간에 충실할 것이다.

나는 지금, 세계최강 밴드의 보컬이다.

◀◀ ▶ ▶▶

걱정했던 것과 달리, 아빠는 학원에서 해고당하지 않았다. 형의 사건이 있은 지도 꽤 지난 데다, 지난 몇 년간 아빠가 학원 강사로서 보여 준 모습 때문에 그런 듯했다. 수강생들은 아빠를 이해하려는 쪽이었고, 원장도 아빠의 존재가 마이너스가 된다고 판단하지는 않은 듯했다.

아빠가 드럼 교본을 돌려주며 말했다.

"분명 올해까지만 한다고 네 입으로 말했어."

"네."

"이제 공연은 없는 거지?"

"글쎄요."

아빠는 날 때린 후로 내 앞에서 약해졌다. 내가 그딴 위협에 굴종하지 않을 만큼 커 버린 사실을 알았기 때문이다. 수강생들에게 우리 공연에 관한 호평을 들은 것도 한몫한 듯했다. 요즘은 아빠 눈동자가 흔들리는 걸 볼 때마다 재미있다. 나는 이제 무엇에도 구애받지 않으려 한다. 하고 싶은 건 뭐든 도전해 보고 싶다.

토요일 오전의 거리는 한산했다. 단풍이 거의 떨어져 앙상해진 공원은 나름대로 멋이 있었다. 나는 중앙 분수대 앞에서 주원을 기다리는 중이었다.

"아, 왜 아침부터 사람을 오라 가라야."

주원이 후드티를 걸친 채 나타났다. 긴 머리카락을 후드 안에 모두 집어넣은 채. 뭔가 내가 생각한 모습이 아니라 당황했지만, 나는 결심했던 것을 실천으로 옮겼다. 뒤풀이 때 분명 현겸 선배와 헤어졌다고 들었기 때문이다.

"……."

주원은 내 말을 듣는 동안 눈동자가 커졌다가, 헛숨을 쉬었다가, 픽 웃었다. 모두 내가 예상한 반응과는 거리가 멀었다. 주원이 손을 절레절레 흔들었다.

"야야, 우리 이제 고3이잖아. 너야말로 공부해야지."

"자주 보자고 안 할게. 밴드 접으면 못 보니까……."

"됐고, 넌 왜 하필 내가 전 남친이랑 마지막으로 만난 곳에서 보자고 한 거냐? 존나 맘에 안 들어. 그리고 돈 뽑아 왔으니 가져가. 내가 이 정도 꿨던가?"

그러며 5만 원짜리 지폐 네 장을 건넸다. 나는 정확히 23만 원인데, 라고 말하려다 심드렁한 얼굴을 보고 그냥 관두었다. 주원과 나는 5분도 채 안 되어 헤어졌다. 모든 과정이 신속하고 무미했다.

한참 뒤, 휴대폰이 울렸다.

"어. 수찬아."

"어떻게 됐냐?"

"까였어."

"킥킥, 미친놈아. 진짜 했어? 내가 안 될 거라 했잖아."

수찬은 아침 먹었느냐며, 자기가 매운 떡볶이를 쏠 테니 거기서 기다리라고 했다. 나는 그러겠다고 하며 전화를 끊었다. 멍한 상태로 바라본 공원은 그저 공원이었다. 아무 특색 없는 공원. 이런 장소도 주원에겐 의미가 있다는 게 신기했다.

나는 혼자 웃었다. 어떤 결과든 연연하지 않기로 했으면서 또 지질해지려 하기에. 일부러 더 웃었다. 질러 봤으니 후회하지 말자. 해 봄으로써 내 자유는 온전해졌다. 취미도 공부도 인생도 그렇다. 난 앞으로 이렇게 살 것이다.

그게 락의 정신 아니었던가.

작가의 말

창밖에 시원한 소나기가 내린다.

쏴아아 빗소리에 이끌려 밖을 내다보니 여러 사람이 보인다. 건물 입구에서 비 멎길 기다리는 아이, 머리에 가방을 얹고 뛰는 아주머니, 장대비와 상관없이 천천히 자전거를 몰고 가는 아저씨, 심지어 즐겁게 함성 지르며 운동장에서 공 차는 학생들. 소나기에 대처하는 방식이 다양함을 느낀다.

냄새가 진한 소설을 쓰고 싶었다. 그것도 비에 젖어 물비린내를 풍기는, 오늘을 살아 내기 버거운 사람들의 이야기. 생각이 시간을 잡아먹고 구체화하면서 다섯 명이 내게 찾아왔다. 주원, 영훈, 아민, 성진, 지유. 이들은 비 맞는 방식이 모두 달랐다. 어느 한 사람만 주목하기 싫었다. 해서 모두를 주인공 삼기로 했다.

이들이 한데 모여 뭔가를 해야 할 텐데, 떠오른 건 엉뚱하게도 밴드였다. 살면서 한 번도 밴드라는 것에 관심을 가져 본 적이 없었다. 아는 거라곤 비틀스나 퀸 정도. 하지만 이들은 외치고 있었다. 당신의 취향이 어쨌든 간에, 우리는 밴드를 꼭 해야겠다고.

곤혹스러워하며 국내, 해외 가릴 것 없이 밴드 곡을 찾아 듣기 시작했다. 이럴 줄 알았으면 어릴 적 TV에서 밴드가 출연해 신나게 노래 부를 때, 채널 돌리지 말걸 후회하면서. 한 분야의 문을 열어야 할 때마다 투덜대곤 한다. 그리고 그것은 종종 경이로움으로 바뀐다.

지금도 꾸준히 활동 중인 인디 밴드, 직장인 밴드, 학생 동아리 밴드 멤버들에게 이 책을 빌려 존경과 응원을 표한다.

이 작품이 독자의 마음에 둥지를 틀 수 있도록 기회를 주신 심사위원 선생님들께 감사드린다. 꾸준히 정진하여, 그분들의 선택이 틀리지 않았음을 앞으로의 책들로 증명하겠다. 내가 작품을 쓰도록 20년 넘게 이끌어 주시고, 지금도 원고마다 날카로운 평을 해 주시는 아동문학평론가 권혁준 교수님께 깊은 감사의 인사를 올린다.

함께 글 쓰고 합평하는 이야기두톨 문학회, 그리고 두터운 교분을 나누는 문우들. 그들이 없었다면 지금의 나도, 이 책도 없었을지 모른다. 힘과 용기를 준 이들에게 진심으로 고맙고 사랑한다는 말을 전하고 싶다.

이 책을 읽고 작가의 말까지 살펴 준 독자들. 누군가에게는 구체적인 위로를, 또 누군가에게는 진한 재미를, 또 어떤 이에게는 실천적 용기를 준 이야기였길 바란다. 작품 속 다섯 인물이 보낸 편지에 마음으로 답장해 줄 것을 믿으며, 그대들의 삶을 응원한다.

2024년 장마의 초입에서

박상기

추천의 말

여러 악기와 목소리가 함께 어울리면서 새로운 음악을 향해 나아가야 하는 밴드처럼, 생각과 느낌이 전혀 다른 교사와 학생들이 서로의 삶을 향한 사랑과 갈등의 서사를 진하게 펼쳐 간다. 직선적인 개인 성장 서사를 넘어, 등장인물들 모두가 사랑과 소외와 고독과 발견의 과정에 대한 공감을 한껏 누리고 견디면서 그들만의 다성악(多聲樂)에 근접해 가는, 보기 드문 예술적 카타르시스의 청소년소설이다.

— 유성호(문학평론가)

이 소설을 읽고 불완전한 인간들이 모여 삶의 화음을 이루려 애쓰는 모습이 얼마나 아름다운지 새삼 깨닫게 되었다. 인간은 누구나 서툴고 모자라지만, 서로를 제대로 이해할 수도 없지만 그럼에도 불구하고 멈추지 않고 나아가다 보면 어느새 어우러지기 마련이라는 것을 이토록 실감나는 드라마로 전달하는 소설은 많지 않다. 각자의 삶이 매번 근사해야만 하는 건 아니라는 소박하고 따뜻한 진실이 더할 나위 없이 위로가 되는 작품이다.

— **편혜영**(소설가)

저마다의 고민을 안고 살아가는 밴드부 담당 음악 교사와 밴드부의 학생들이 자신만의 목소리로 이야기를 들려준다. 그들이 어떻게 용기를 내어 삶의 난제를 극복해 가는지를 담담하면서도 따뜻한 시선으로 그려 낸 작가의 솜씨가 놀랍다. 이 소설을 읽는 내내 스스로를 믿고 견디는 용기만이 아니라 자신의 나약함과 비겁함, 그리고 실패를 인정할 줄 아는 용기를 보여 준 그들을 응원하지 않을 수 없었다.

— **손홍규**(소설가)